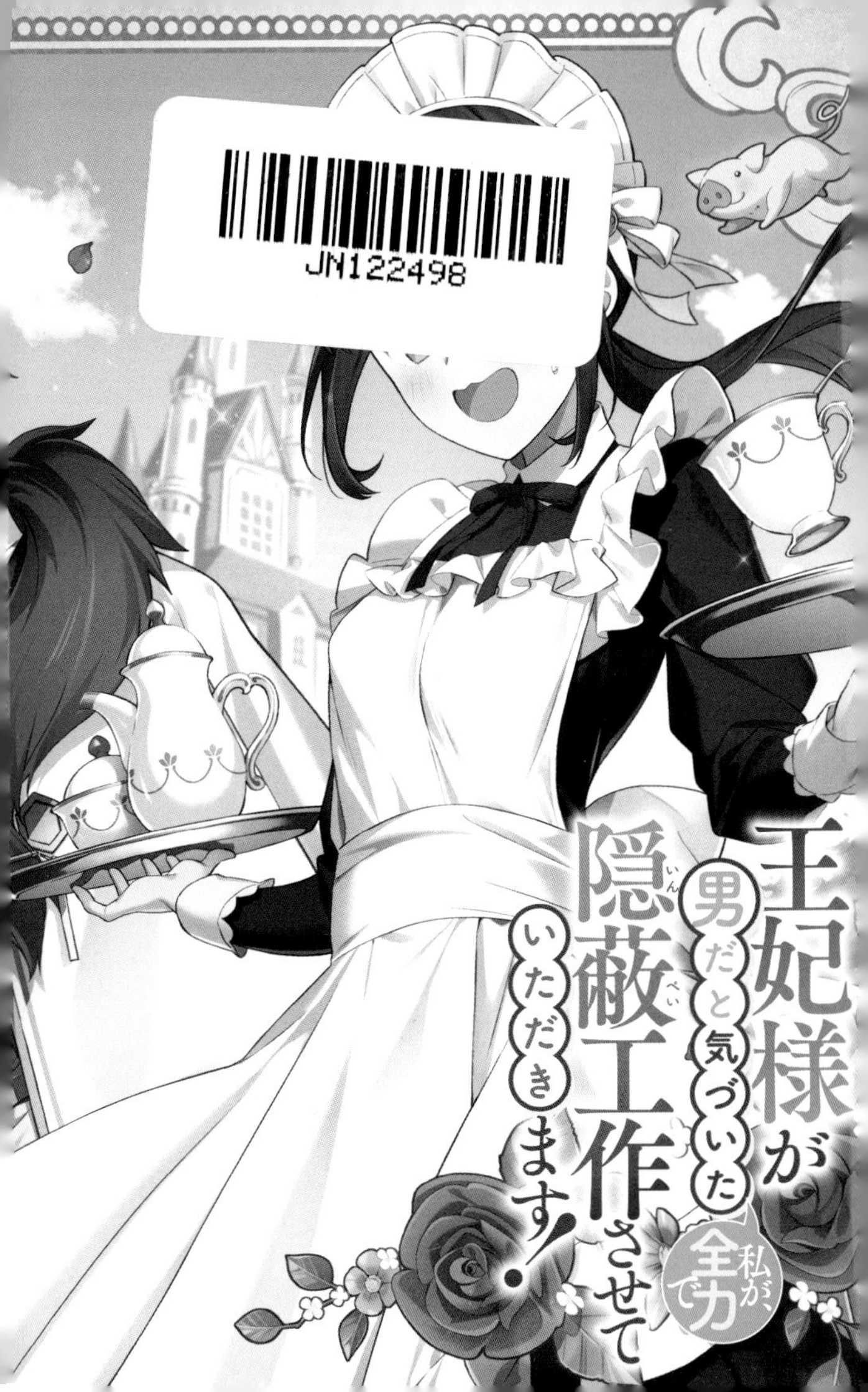
王妃様が
男だと気づいた
私が、
全力で
隠蔽《いんぺい》工作させて
いただきます！
JN122498

王妃様が男だと気づいた私が、全力で隠蔽工作させていただきます！

梨　沙

R I S A

迅社文庫アイリス

CONTENTS

人物紹介
Characters

王妃様が男だと気づいた私が、全力で隠《いん》蔽《ぺい》工作させていただきます！

カレン・アンダーソン

辺境の村で育った少女。
元気で表情がコロコロ変わり、
喜怒哀楽がわかりやすい。
とある恋愛小説を愛読している。
王妃の秘密を知り、強制的に
王妃付きの侍女となる。

トン・ブー

王城で飼われているブタ。
頭が良く好奇心旺盛。
普通のブタよりも小さな種類。
グレースの友人。

ヒューゴ・ラ・ローバーツ

ラ・フォーラス王国の国王。
"太陽王"の異名を持ち民から慕われている。
長身の美丈夫で、
豪快な性格。

グレース・ラ・ローバーツ

ラ・フォーラス王国の王妃で、絶世の美少女。
小国の姫だったが、
国王に見初められ妃となった。
実は女装をした少年。

ヴィクトリア・ディア・レッティア

公爵令嬢で、ヒューゴの元許嫁。
金髪、青い目の美女。
王妃となるべく教育を受けてきた
気位の高い女性。

レオネル・クルス・クレス

ラ・フォーラス王国の宰相。もともとは黒髪だが、
ストレスで白髪となった。
苦労性で「胃が痛い」とよく倒れている。

イラストレーション◆まろ

王妃様が男だと気づいた私が、全力で隠蔽工作させていただきます！

Ouhisama ga otokodatokiduitawatashi ga zenryoku de inpeikousaku saseteitadakimasu

序章　宰相閣下が心労でお倒れになったようですよ！

「国王陛下、王妃殿下、ご成婚万歳ー!!」

「万歳ー!!」

「ヒューゴ様！　グレース様、万歳ー!!」

天に向かってそびえる堅牢《けんろう》な王城――花蔦《つた》をまとう城のテラスに姿を見せた若き王と王妃に、人々は熱狂し歓声をあげた。

天使に扮《ふん》した少女たちが花かごから花びらをまき、花で着飾った楽隊がテンポよく力強いメロディーを奏でる。

町中が浮かれ、国中が沸き立った記念すべき日。

連日続いた雨もすっかりやみ、抜けるような蒼天《そうてん》に誰《だれ》もが喜びの声をあげる、その日。

絵画に描かれた英雄のごとく光り輝き凛々《りり》しいため〝太陽王〟と謳《うた》われ親しまれている王の隣に、月が見る夢から抜け出したように美しく優しげな王妃が立った。

皆が晴れやかな気持ちで若き王の成婚を祝うその陰で、石柱にもたれかかった男が腹を押さえて低くうめいていた。

顔色が悪い。

額には玉のような汗が浮いている。

「ああ、胃が痛い」

笑顔で民の歓声に応《こた》える王とは対照的に、表情一つ変えずに立つ〝娘〟――招かれてはならなかった彼女の存在に、彼はただただうめき声をあげ続けた。

ラ・フォーラス王国建国以来の珍事。

決して誰にも気づかれてはならない喜劇を前に、彼はとうとう卒倒した。

第一章　王妃様がいらっしゃるそうですよ！

1

タナン村は景観が自慢だ。

眼前に広がる雄大なガ・ルーシャ山脈の白き頂《いただき》は叙景詩《じょけいし》に何度も出てくるし、湖は青く澄み渡り、湧《わ》き出る水は年中冷たく甘露《かんろ》にたとえられる。牧草が豊かで牛も馬もまるまると肥え、ぽこぽこと咲く綿花も目に楽しく、ときおり訪れる旅人はのどかだと絶賛する。

そう、タナン村は絶景なのだ。

ただしそれ以外に自慢するものが何一つなく、ラ・フォーラス王国でも辺境中の辺境で、滅多に人が来ない。特産も名産もない小さな村だから、きっと多くの人が歌に出てくるだけの幻の村と思っているに違いない。

そんな環境だったので、子どもたちは当然のように都会に憧《あこが》れて育つ。花咲き乱れる王都にはガス灯があると聞いたとき、それが実在するという事実に興奮したものだった。

「いいなあ、王様の結婚式。おいしい料理がいっぱい出たって噂《うわさ》だし」

花の都とたたえられる王都では、みんな着飾って踊ったらしい。

「でも私、ダンスは踊れないのよね」

「誰《だれ》もあんたをダンスになんて誘わないわよ。着ていくドレスもないでしょ」

カウンターに突っ伏して本をペラペラめくりつつ物思いにふけっていたら、姉のエリザに後頭部を叩《たた》かれた。カレンは顔を上げて姉を睨《にら》む。

「ドレスなんて縫えばいいじゃない！」

「家中のシーツをかき集めて？　いつになったら舞踏会に行けるやら」

大きなお腹《なか》をかかえつつエリザは肩をすくめる。ここは総人口が百人にも満たない小さな村だ。舞踏会が開けるような家なんて村長宅以外ない。祭事には打楽器と笛を持ち寄って、中央の噴水広場に集まりみんなで跳んだりはねたり賑《にぎ》やかに踊る程度――色気の欠片《かけら》もなかった。

カレンは立ち上がり、本をパートナーに見立ててくるくると回った。

「そんなところで遊ばない！」

「どうせ客なんて来ないよ、こんな田舎《いなか》の宿屋なんかに」

「お客様でしょ。田舎でも需要がないわけじゃないんだからちゃんと店番してなさい」

姉はそう言って奥に引っ込んだ。

義兄が育てる牛のおかげで生活できているが、〝青の子馬亭〟はいつでも開店休業中だ。近々《きんきん》で旅人が立ち寄ったのだって半年も前――父が遺《のこ》してくれたから店はたたみたくないと姉は頑張っているが、子どもも生まれるのだし、そろそろ身の振り方を考えたほうがいい時期だとカレンは思っている。

「王様と、王妃様かあ……憧れる」

きっとキラキラだ。本に出てくる貴族と侍女の身分差の秘めたる恋は別格だが、貴人同士の恋も、想像するだけでドキドキしてしまう。

本をかかげて軽やかにターンを決めていたらドアが開いた。

「た、大変だ！」

血相を変えて店に飛び込んできたのは義兄のライナスだ。変なところを見られてしまった。

慌てて本を背に隠したカレンは、胸を押さえて苦しげにあえぐ義兄に怪訝《けげん》な顔を向けた。

「どうかしたの？」

「お、お、お、お客様、が……!!」

半年ぶりの客。

「何人？　部屋はいくつ用意すればいい？」

「とりあえず、全部」

「——全部って、五部屋も!?」

〝青の子馬亭〟はじまって以来の快挙だ。カレンが悲鳴をあげると、エリザが奥から出てきた。

「どうしたの、大きな声出して」

「お姉ちゃん、満室！　お客様だって!!　魚を釣りに行かなくちゃ！　それとも鳥のほうがいい？　頑張っておいしそうなのを射止めてくるわ！　あ、さばくのは私がやるから心配しないで。お姉ちゃんは野菜わけてもらって――えっと、今、葉物はいくらだっけ？　朝食付きなら一泊二千五百五十ルクレ、三食なら三千六百五十ルクレ、五部屋貸し切りで一万二千七百五十ルクレと一万八千二百五十ルクレ!!　連泊なら――」

弾む声で金額を告げていたカレンは、ドアが再び開くのを見て硬直した。闇《やみ》色の髪を持った女が店の中に入ってきたからだ。伏せ気味の顔がゆっくりと持ち上がる。白く透き通る肌に、暮れかけの空を取り込んだ紫と青が混じり合う幻想的な瞳《ひとみ》。つんと上向きの鼻、誘うようにうっすらと開かれた薔薇《ばら》色の唇、肩から流れ落ちた黒髪を払う指の動きが優美で見とれてしまう。まとうドレスの装飾こそ少なかったが、上品で美しく、扇を広げる仕草一つとっても神々《こうごう》しくて女神のようだった。

「神、降臨……!!」

まぶしすぎて直視できない。こんな完璧《かんぺき》な人間を見たことがない。栗《くり》色の毛に緑色の瞳、肌は健康的な小麦色、たまに牛追いを手伝うので丈夫な足腰、弓の射程距離は成人男性と競えるほど長く、水泳も超得意という淑女とはほど遠いカレンとは別世界に住む女性だった。

「お泊まりする、お客様、です」

義兄の声が裏返っている。確かにこんな美人を前にしたら誰でも混乱するだろう。カレンは納得し、美女のあとから店内に入ってきた痩身《そうしん》の男に首をひねった。顔色が白を通り越して青白い。げっそりと頬《ほお》がこけ、若そうに見えるのに髪は白く、目は昨日さばいた魚みたいに死んでいる。質素な旅装束は体に合っていないし、腰から下げた剣は疲れ切った彼にはいかにも重そうだった。外にも旅装束の男が十人ほどぞろぞろといて、その向こうには村人たちが、好奇心を隠しきれずに集まってきていた。

「……な、なにごと……!?」

驚愕《きょうがく》に身じろぐと手から本が滑り落ち、床で重い音をたてた。悲鳴とともに拾い上げ、本に折れ目や傷がないことを確かめてほっと胸に抱いた。カレンは、皆の視線が自分に集まっていることに気づいて身じろいだ。

顔色の悪い男がコホンと咳《せき》払いする。

「わたしは、レオネル・クルス・クレスと申します。彼女はグレース・ラ・ローバーツ様です。彼女は一人部屋で、残りの四室でわたしと部下の十一名を泊めていただきたい」

「わかりました。お部屋が少し狭くなりますがよろしいですか？」

部屋があと二つあったら……と、思わずにはいられない。一室ごとの料金設定にしたのは失敗だった。検討の余地がありそうだ。悔やみながらも尋ねるとレオネルはうなずいた。

「——ええ、よろしくお願いします」

「で、では、宿帳にサインを。料金は前払いになります。朝食のみの場合と三食つく場合で料金が変わります。何泊されますか？」

「……そうですね、二十日ほどお願いします」

（二十日！　超上客!!）

　奇跡のようだ。

「朝食つきで二十五万五千ルクレ、三食つきで三十六万五千ルクレです」

「計算が早いですね」

「暗算くらいできないと仕事になりませんから。それにしても、びっくりしました」

　固まっている姉や義兄に気づかず、カレンはレオネルから受け取った金貨と銅貨をかぞえつつ声を弾ませた。

「グレース様って、王妃と同じお名前なんですね。王妃も黒髪に紫の瞳の絶世の美少女って噂で、こんな田舎でもご成婚の話でもちきりなんですよ」

「――もちきりですか」

　低い声でレオネルが繰り返す。姉も義兄も、外にいた兵士たちも青ざめているが、興奮したカレンの目にはまったく入らなかった。

「はい。ラ・フォーラス王国とリルリローヴァ帝国のあいだにあった小国の姫がグレース様で、陛下が姫を一目見て恋に落ち、お怪我《けが》をされていた姫を手当てして、つきっきりでお世話をされたって……愛、ですよね！　愛のなせる業《わざ》です!!　姫が回復されたあとは宰相閣下や王侯貴族の反対を押し切っての成婚！　恋愛小説《ラブロマンス》みたい！」

すり切れるほど繰り返し読んでいる唯一の作家ジョン・スミスの世界だ。恋に生きる男と女。何度も訪れる窮地《きゅうち》を乗り越えて結ばれる二人。

「最高です！」

拳《こぶし》を握って訴えると、真っ青になった姉に口を塞《ふさ》がれた。

「なに!?　ちょっと、お姉ちゃん!?」

レオネルはちらりとカウンターに置かれた本を見る。二年前に刊行された〝最新作〟は、カレンの宝物だ。三冊の既刊本はカレンの寝室にある棚に大切に保管してある。

「バカ！　よく見なさい!!」

姉に一喝されてカレンは眉《まゆ》をひそめた。なにを見ろというのかよくわからずに視線を彷徨《さまよ》わせ、レオネルの剣の鞘《さや》に獅子《しし》の横顔が彫ってあることに気づく。高そうだなあ、と思ってからはっとした。吼《ほ》え猛《たけ》る獅子は王家の紋章だ。本の中にも出てきていた。獅子の紋章が描かれた剣を持つことを許されているのは、王家の人間と宰相のみであると。

「お、お姉ちゃん、大変！」

カレンは震えた。

「仮装大会は来月だって教えてあげないと！」

後頭部をひっぱたかれた。

2

「こ、こちらが、お部屋になります」

二階に上がり、左手奥の部屋をグレースに案内する。ちょうど受付の上にあたる部屋だ。その隣をレオネルと兵士長が、階段を挟んで右手にある三室を残りの兵士九人で使う。

「狭いわ。客室は全部こんなに狭いの？」

部屋に入るなりグレースがつぶやいた。王妃ならその感想は当然だろう。

（だけど、なんで王妃様がここにいるの!? 結婚してまだ一ヶ月よね!?）

「もしかして国王陛下と喧嘩《けんか》とか……」

「避暑よ」

「さ、左様《さよう》でございますか！」

（ってことは、陛下がグレース様にベタ惚《ぼ》れって噂は本当なのね!? 新婚なのにグレース様の体を心配して避暑だなんて……――あ！ そうだ！ グレース様は都会の女性じゃない！ 子どもの頃《ころ》から憧れてた存在！ さ、最高のおもてなしで満足してもらわなくちゃ……!!）

ぐっとカレンは拳を握る。

「あの、身の回りのお手伝いをする……ええっと、侍女、みたいな方は……」

なぜ宰相がこんな田舎までついてきてるんだろう。同行者は宰相を含め男ばかりだし、部屋に運び込まれる荷物が多いのに荷ほどきする侍女がいない。

「侍女はいないわ」

「……いないんですか……」

王都からタナン村まで移動だけで一ヶ月かかると聞いたことがある。どんな理由で侍女がいないのかはわからないが、きっと不便な旅だったに違いない。

ベッドを押して硬さを確認するグレースに、カレンは拳を握った。

「任せてください、グレース様！　私が全力でお手伝いします！　なんなりとお申し付けください！」

「――そうね、では頼まれてくれる？」

パチンと扇が閉じる。

「はい！」

「部屋から出ていって」

身も蓋《ふた》もなく追い出され、カレンは茫然《ぼうぜん》と廊下に立ち尽くした。

「え、ええ!?　グレース様!?　荷ほどき手伝いますよ!?　私、こう見えても手際はいいんです！　よく働くって有名ですし!!」

ドアが薄く開き、笑みとともにグレースが顔を出す。

「では、お願いできるかしら」

「はい！」

「静かにしてちょうだい。一人でいたいの。それから、積極的なのは結構だけれど、騒がしいのは品位を損ねるわ。下品に見えるの。わかったなら、口を閉じてどこかへ消えなさい」

目の前でパタンとドアが閉じてしまった。唖然《あぜん》と立ち尽くしていると視線を感じた。はっと横を向くと、血色の悪い宰相レオネルが、そっと隣室に消えていった。

「な……なんなの……」

(誰よ、王妃様が美しくて優しげだって噂を流したのは!?　産まれたての子牛のほうがまだ愛想がいいわよ!?)

大股《おおまた》で廊下を突っ切り、階段を下りる。階下には噂を聞きつけた村人が目を輝かせて押しかけてきていた。

「グレース様が泊まるんだって？　なんで王妃様がこんな村に来たんだ!?」

「噂通りの美人だったなあ。カレン、なんか話したか!?」

「どのくらい滞在するんだね!?　歓迎会を開こうと思うんだがね！」

みんなの盛り上がりかたが異様だ。「タナン村はもう田舎じゃないぞー!!」と誰かが宣言すると、皆がいっせいに拳を振り上げて雄叫《おたけ》びをあげた。慌てて部屋から出てきた兵士たちが、なにごとかと階下を覗《のぞ》き込むのが居たたまれない。

（ど、どうしよう、グレース様があんな方だなんて言えないし……）

期待に胸躍らせる村人たちを見ていると引きつり笑いが出てしまう。

（そ、そうだ！　お湯を持っていこう！　きっと長旅でお疲れなんだわ。疲れを取ってゆっくりしたら、噂通り優しい王妃様になってくださるはず！）

カレンは名案に浮かれた。仕事の邪魔だと村人たちを店から追い出す姉を脇目《わきめ》に、さっそく大鍋《なべ》で湯を沸かし、桶《おけ》に移し替えて肩にかつぐ。意気揚々《いきようよう》と左手の奥の部屋に行き、ノックした。

「湯浴《あ》みの準備をしました！　グレース様、湯浴みをしましょう!!」

グレースが滞在するあいだ、カレンが侍女の代わりだ。快適に過ごしてもらえるよう最大限努力しようと満面の笑みでドアを開けた。

「……へ……？」

けれどカレンの意気込みも、部屋を一瞥《いちべつ》するなり吹き飛んだ。

部屋の中にはグレースがいた。彼女はちょうど着替えの最中だった。ほっそりとした体はカレンより華奢《きゃしゃ》で、腕も腰回りも断然細かった。雪のように白い肌がみるみる上気していくのをカレンは言葉もなく見つめる。口を開いたのに声が出ない。

（え、え、華奢？　華奢すぎない？　胸がぺたんこよ!?　腰、細！　っていうか、ちょっと待って、そこ！　そこについてるものはなに――!?）

状況を処理する能力が追いつかなかった。口を開けているのに空気が喉《のど》の奥に詰まって問いが頭の中で乱反射する。

一瞬、グレースの美しい顔が歪《ゆが》む。苦痛をこらえるように。

（あ、だめ）

視界が暗転し、カレンは昏倒《こんとう》した。


おかしな夢を見た。

絶世の美女と謳《うた》われる王妃が〝青の子馬亭〟にやってくる夢だ。憧れ続けた都会の女性。王の心を一瞬で射止め、そして結ばれた時の人。

王都ではこの結婚に反対する声もあったという。

王は二十三歳で結婚を間近に控えた許婚《いいなずけ》がいた。にもかかわらず、王の一存で婚約を破棄して小国の姫を娶《めと》ったからだ。若き王の横暴をよく思わない者がいて当然だった。

けれどカレンは興奮した。

「まるで小説みたい！」

生まれる前から決められた許婚ではなく一目で恋に落ちた姫を迎え入れた王。情熱的で強引な姿にときめいた。こんなにすごいことが現実に起こるなんて――だからますます都会への憧れが強くなった。なにが起こるかわからない未知の世界。話を聞くだけで妄想が膨らむ。誰にでも等しく幸運をつかむ好機があるのだと、そう思った。

けれど、〝青の子馬亭〟に来た〝王妃〟はカレンの想像とは違っていた。

ツンツンと不機嫌で笑いもしない。侍女はいないし、代わりになにか手伝おうとしても拒絶する。

旅の疲れを癒《い》やしてもらおうと湯浴み用の湯を持っていったら――。

「は、ははは。すごい夢を見たわ。魅力的でお美しいグレース様の胸がぺたんこだったなんて……下についていてちゃいけないものがついていてたなんて。あれじゃまるで男じゃない。ええ、男よね、男だったわ……!?」

カレンは目を見開き、両手で頬を押さえて絶叫した。声をあげると頭の奥が鈍く痛んだ。卒倒したときにぶつけたらしい。

「痛った……こ、ここ……」

廊下で倒れたはずなのに部屋の中に転がされている。起き上がろうとしたカレンは、視界の端でごそごそと動く人影を認めた。顔を傾ける。グレースが荷をあさっていた。

（……ま、ま、まさか、王妃様の、偽者……!?）

どこかで入れ替わったのだ。きっとそうに違いない――そう確信したカレンは、くるりと振り返ったグレースに息を呑《の》んだ。ドレスをまとった彼女はどこをどう見ても完璧な淑女《レディ》で、男とは思えなかった。

「やっぱり夢……って、あの、グレース様……!?」

グレースの手には短剣が握られていた。獅子の目には青い宝石がはめ込まれ、柄《つか》にも鞘にも宝石がちりばめられて高そうな短剣だった。鞘が床に落ちて鈍い音をたてる。

短剣が振り上げられた。

とっさに体をひねると、どっと音をたてて短剣が床に刺さった。

「な、なにするんですか!?」

短剣を引き抜いたグレースは、悲鳴をあげるカレンに青白い顔を向けた。

「素直に刺されなさい」

「む、無理無理無理無理ー!!」

「あなたは私の秘密を知った。生かしておくわけにはいかないわ。苦しくないようひと思いに息の根を止めてあげる。だからじっとなさい」

「秘密って……いえ、私なにも知りません！　王妃様が男だったなんて見てません！」

どっと再び床が音をたて、短剣がめり込んだ。

「ひい！」

床をごろごろと転がっているとドアが開いた。宰相レオネルが、青い顔で部屋に入ってきた。

「助けてください！　グレース様が男です！　殺される!!」

訴えるとレオネルの体が大きく揺れた。

「……胃が痛い」

血色の悪い宰相は、つぶやくなり昏倒した。

「ちょ！　ちょっとー!!　助けに来てくれたんじゃないの!?　なにしに来たのよ!?」

這《は》いずってレオネルのもとまで行き、両肩をつかんで揺さぶる。だが、レオネルはがくがくと揺れるだけで目を開けようとしない。短剣を手に近寄ってくるグレースに気づき、カレンはレオネルを盾にして身構えた。

「私、グレース様の正体を言いふらしたりしません！　絶対に！　誰にも言いません!!」

グレースがじりじりと間合いを詰めてくる。目がマジだ。本気でカレンを口封じのために殺す気だ。カレンは盾にしたレオネルを前後に揺さぶりながらなおも訴えた。

「誓います！　だから見逃《みのが》してください！　私、まだやり残したことがあるんです！　ジョン・スミスの新刊を読むまでは死ねないんです！　バーバラとアンソニーの恋の行方《ゆくえ》がわかるまでは！　私！　絶対に死なないんですー!!」

「……バーバラと、アンソニー？」

ふっとグレースの足が止まった。

「通称バラアン、小説のことです！　ジョン・スミスの『恋は嵐《あらし》』の続きです！」

カレンは熱く答えたが、興味がないと言いたげにグレースが再び歩き出した。眼前に迫る美しい人にカレンが真っ青になる。

じりじりと後退するが、壁にぶつかってもうそれ以上逃げられなかった。

グレースが短剣を振り上げたとき、弛緩《しかん》していたレオネルの体に力が入った。

「お待ちください、グレース様」

低い制止の声にグレースの動きが止まる。助っ人がようやく目を覚ましたことにカレンは狂喜し、すぐにはっとわれに返った。

（――待って。宰相さん、私がグレース様が男だって言ったとき、驚かなかったよね？　ってことはもしかしてグルなの⁉　この人も敵なの⁉）

慌てて離れようとしたらレオネルが振り返った。青白い顔が土気色《つちけいろ》だった。

「あなたはジョン・スミスの新刊が読みたいのですか？」

思いがけない問いに、カレンは反射的にうなずいた。

「『恋は嵐』の続きで、新刊の『愛は大河のように』が読みたいんです！」

「――それは去年出た本ではありませんか？」

（さ、さすが売れっ子作家ジョン・スミス！　宰相まで新刊を把握しているなんて‼）

恐怖も忘れ、興奮してカレンは目をきらめかせた。

「そうです！　でも、私の中では新刊なんです！　去年出た本が人気すぎて手に入らないんです！　ようやく古本が手に入るって、本屋のマジョリーさんが言ってて！」

「もうすぐ本物の新刊が出ますよ」

　本物の新刊。一年遅れではない本――つまり、それは。

「さ、最新刊ですか⁉　ジョン・スミスの最新刊が出るんですか⁉」

「――読みたいですか？」

　聞くまでもない。カレンは悲鳴をあげた。

「もちろんです！　私、最新刊を読むまでは死ねません！」

「では取引しましょう。その最新刊、わたしがあなたのために手に入れましょう」

「え……で、できるんですか⁉　あの本、予約しても手に入らないくらい人気で、田舎で新刊を買うのは不可能だってマジョリーさんが太鼓判を押すくらいなんですよ⁉」

「わたしに不可能はありません。グレース様の世話をしていただけるのなら、これからずっとジョン・スミスの新刊をあなたにお届けすることをお約束します」

（し、新刊を、ずっと⁉　これから一生⁉）

　レオネルの顔色は相変わらず悪かったが、口調は自信に満ちていた。さすが宰相、国家権力でなんでも手に入るのだろう。カレンは感動し、はっとわれに返った。

（グレース様は大切なお客様よ。男だったのはびっくりしたけど、本当に殺されるかと思ったけど、だからっておもてなしの心が消えたわけじゃないわ。ええ、そうよ。私は接客の専門家《プロ》。

誰が相手であろうと満足させてみせるわ！）

ぐっと拳を握ってうなずいた。

「もちろん！　誠心誠意《せいしんせいい》尽《つ》くします!!」

それで大好きなジョン・スミスの新刊が手に入るなら安いもの――やや邪《よこしま》な思いを混ぜ込みつつもカレンは笑顔を見せた。だが、グレースは美しい顔を歪めて首を横にふった。

「今ここで始末すべきだわ。危険すぎる」

「絶対に言いふらしません。いえ！　言いふらすどころか完璧に隠しきってみせます！　誰にも気づかれないように死力を尽くします！　私、必ずご期待に応《こた》えますから!!」

ジョン・スミス、すべては彼の本のため。彼の本が読みたいばかりに読み書きを覚え、コツコツと小銭を貯《た》め、本を買っては繰り返し読みふけり、好きな場面は指でたどるせいで印刷が薄くなって読みづらくなってなお読み込んだ。カレンにとって彼の本は聖典だ。生きる糧《かて》だ。奪われたらきっと死んでしまう。それほど大切なものなのだ。

（その本が手に入る。これから一生！）

「私はどんなことがあってもグレース様の味方です！」

カレンが断言すると、押し黙ったグレースがちらりとレオネルを見た。ゆっくりと立ち上がったレオネルがグレースになにごとか耳打ちし、彼女――彼と呼ぶ方がふさわしいのかもしれないが――は深慮《しんりょ》に目を伏せる。

（……あ……本当に、きれいな人なんだな……）

表情も仕草も高貴な女性にしか見えない。艶《つや》やかな黒髪も、長いまつげが影を落とす紫の瞳も、なにもかもが神聖なほど美しい。

（……結婚して一ヶ月で避暑ってことは……まさか陛下は、グレース様が男だって知らない、とか、ないわよね……？　いや、まあいいか。私には関係ないし。今はこの危機を無事に乗り越えるのが大事）

乗り切ればジョン・スミスの本が一生カレンのものになる。

固唾《かたず》を呑んで様子をうかがっていると、グレースは息をつき、短剣を持った手をゆっくりと下ろした。

3

夜、王妃様ご一行は村長の家で歓待された。

すごい料理が出たらしい。ブタを一頭丸焼きにしただの、一人一羽ずつ香草鳥《こうそうちょう》が振る舞われただの、翌日にはいろんな噂が村中を駆け巡った。酒も大量に振る舞われた。それも酒屋で一番高いものが。もっとも、護衛は一滴も口にしなかったようだが。

そんな特別な夜を過ごしたご一行様は、質素すぎる朝食に、さぞがっかりしたことだろう。

〝青の子馬亭〟では、今だかってないほど豪華な朝食だったのだけれど。

「……失敗したかも」

小川の木陰で衣類を洗いながらカレンはうめいた。

（だけどジョン・スミスの本！　二十日だけ辛抱したら一生本が手に入る。しかも新品！　私だけの本!!）

考えただけで胸が高鳴る。物語の中の秘めたる恋は、どんな形でつむがれていくのだろう。きっと多くの試練が待ち受けているに違いない彼らの未来を思うと、カレンはそれだけで胸をときめかせるのだ。

「ジョン・スミスのために頑張るわ！」

カレンは鼻息荒く洗濯カゴに手を突っ込んだ。カゴにはこんもりと洗い物が積んである。二十日分前払い、しかも雑務を頼むからとその倍の金額をポンと一括で払った気前のいい王妃様ご一行の洗い物をカレンが引き受けたのだ。まずは王妃のぶんから――と、取り出すと、前で絞めるタイプのコルセットが出てきた。

「え、なにこれ細っ！」

そのうえ、胸の部分の膨らみはしっかりとある。

（男なのにこれいるの!?　っていうか、胸ないのに……ん？　あ、これか！）

胸用の詰め物が出てきた。しかも、かなりのボリュームだ。ぺたんこの胸を人並みに豊かにするにはこのくらい必要ということらしい。

（おお、柔らかい……これ、素材はなんなの？　吸い付く手触り……!!）

詰め物をふにふに触っていると、背後に人の気配がした。

「なんだそれ？」

幼なじみでお隣さんのギル・ブロウが洗濯カゴを両肩にかついで立っていた。赤毛を短く刈り込んだ彼は、緑の目を細めつつカゴをカレンの隣に下ろした。

（見られた！　でも、こんなの男の子じゃなにかわからないよね？）

「それ、うちの洗い物？　わざわざここまで運んでくれたの？　ありがとう、ギル」

さっと詰め物を隠しつつ声をかけると、ギルは無遠慮にカレンの手元を覗き込んできた。慌てて体をひねって詰め物を隠す。すると、彼も素早く回り込んできた。

「ちょっと！　なによ!?」

「なに隠してるんだ？　俺《おれ》に見せてみろよ。隠すとか怪しすぎるだろ」

「な、なんでもないから。……あ……っ!!」

しつこくつきまとってくるギルに抵抗していたら、詰め物がぽろりと落ちた。ギルはそれを拾い上げて「ああ？」と戸惑いの声をあげる。

「これってあれだろ。姉ちゃんも使ってるやつ……胸の詰め物だろ？　偽乳《ニセチチ》。お前、こんなの使ってるのかよ？」

「違うわよ！　私のは自前！　そんなの使う必要ないわよ！」

ふんっと胸を張るとギルが疑惑の目を向けてきた。

「じゃあこれ誰のだよ」

「それはグレ……」

はっとカレンは口を閉じる。ここでグレースの名を出すのはまずい気がして押し黙り、ギルの視線に渋々と言葉を続けた。

「グレース様みたいな素敵な結婚ができるように、私もちょっとだけ詰め物を入れただけ。ほ、ほぼ自前なんだから！」

「バカじゃねーの。胸だけで結婚できるわけねえだろ。お前、磨く場所間違えてるよ」

詰め物をカレンに渡し、呆れ顔でギルが去っていく。

(屈辱……!!　なんで私がバカって言われなきゃならないの！　グレース様の味方だって言ったけど！　言ったけどっ!!)

自分から言ったが腑《ふ》に落ちない。

モヤモヤをぶつけるようにカレンは一心不乱《いっしんふらん》に洗濯をした。グレースの服は自作の石鹸《せっけん》で生地を傷《いた》めないよう丁寧に洗い、布に挟んで水気を取った。護衛の人たちの丈夫な服は、染み込んだ汚れを入念に落とし、棒を使って力いっぱい絞って木のあいだに縄を渡して順に干した。

すべて洗い終わるまで、ただ黙々と同じ作業を繰り返す。

「お腹すいたあああ」

汗をぬぐうとそんな言葉が口をついた。もうとうに昼を過ぎている。いつもなら干したらいったん家に帰って乾いた頃に戻ってくるのだが、見るからに高い服だったので、今日は乾くまで待機することにした。

なにか食べ物を持ってくるんだった。後悔しながら川の水を胃袋に詰め、騒がしさに視線を上げた。

ギルの父親や義兄を含む数人の村人と家畜商がわめきながら近づいてくるところだった。

（あー……子牛の値段交渉か）

高く売りたい牛飼いと、安く買いたい家畜商の攻防。恒例行事のようなものだ。

「どうしたんですか？」

カレンが声をかけると、殺気立った顔の集団がやってきた。

「聞いてくれ！　この悪徳商人、子牛一頭三十万ルクレだって言いやがるんだ！」

怒鳴ったのはギルの父親だ。家畜商が神妙な顔で口を開いた。

「三十万ルクレが相場だよ。輸送費だってかかるし、餌代《えさ》だってかかる。育てる手間を全部こっちで請け負うんだから当然だろう」

「――三十万ルクレ、ですか」

カレンがつぶやくと家畜商の肩が小さく揺れた。

「今日は子牛を何頭購入予定ですか？」

「……き、今日は、ひとまず二十頭を予定してるが……」

「一年間の飼料を十万ルクレと仮定し、建物や備品などの必要経費を八千ルクレ、市場に流通させるなら健康管理も必要なので五万ルクレ、登録料で一万ルクレ、賃金が上がってるそうですから労働費は三十六万ルクレで計算すると合計が九十二万八千ルクレ。一年半で出荷すると見込んで百三十九万二千ルクレの素畜費がかかります。でも、二十頭まとめて飼うなら労働費が節約できるので千三百ルクレ以下。家畜商さんは一頭いくらで販売予定ですか？」

家畜商のゴートは微笑《ほほえ》むカレンを見てたじろいだ。

「う……っ」

「もっと高くても十分にもとは取れますよね。知ってますよ、王都で巻き毛牛が今すごく人気があるって。こんな田舎でもちゃんと聞こえてくるんですから」

「わ、わかったよ！　去年と同額の四十万ルクレでどうだ！　ちくしょう、今年はカレンに会わずにすんだと思ったのに！　また儲《もう》け損ねちまった!!」

「ご愁傷《しゅうしょう》様です。あとで契約書を確認させてもらうから誤魔化しちゃだめですよ。今期の追加購入は同じ条件でお願いします」

「厄日《やくび》だ」

心底嘆く家畜商を見て牛飼いたちが声をあげる。

「いや、さすがだ、カレン」

「お前本当に計算早いなあ」

（当然よ。子どもの頃からカウンターに座って接客させられたんだから！）

来客は少なかったが、ちょっとした暗算ならできたので数字に強いと村中に噂が広まった。

おかげでなにか交渉ごとがあると引っぱり出される。しかも間違えるとめちゃくちゃ怒られる。

善意で立ち会ったはずなのに全力で失望される。

（んん？　……ちょっと納得いかないような……？）

「人間、なにか一つは取り柄がないとな！」

「なに言ってるんだ、カレンはすごいんだぞ。王妃殿下の身の回りのお世話をしてるんだからな」

抗議する前に別の牛飼いが庇《かば》ってくれた。やっと私のよさが認められる日が来たのかと、カレンは感慨深くうなずく。

「グレース様には侍女がいないから、お世話くらい当然というか……」

「それでも大出世だろ」

「大出世って大げさだって」

カレンは照れ笑いした。

（たかだか二十日間お世話するだけで大出世なんて。あ、でも、王妃様が避暑に使った宿って売り出したら旅の人が興味を持ってくれるかも！）

　悪くない。

（宿をいっぱい利用してもらえばお小遣いだって増えるんじゃない？　そうしたらもっと早く古本が手に入るわ。それを読み潰《つぶ》して、宰相さんから送ってもらった新書は保管用に取っておけばいいのよ！　完璧!!）

　惜しむらくは既刊本だ。増版されていると聞いているが、田舎なのでやはり新書を手に入れることは困難だろう。できるだけ状態のいい古本で手を打つしかない。

「しかし、寂しくなるなあ」

　もうちょっと上乗せできないか、いやもうこれ以上は払えない、と、牛飼いと家畜商が言い合っている隣で、交渉待ちの義兄がしみじみと語った。

「寂しい？　どうして？」

　首をかしげるカレンに義兄が呆《あき》れ顔になる。

「どうしてって当然だろ。カレンが村を出るなんて、寂しいに決まってるじゃないか」

「いやいや、ここは笑顔で送ってやろうぜ。なにせ大出世だ。この村から王妃付きの侍女が輩出されるんだからよ！」

（は？　王妃付きの侍女？　誰が??）

「花の都《みやこ》か。俺も一度くらい行ってみたいなあ」

「――王妃様の侍女になるの？　私が？　村にいるあいだだけお世話をするんじゃなくて、村を出て、王城でお世話をするの？」

確認のために尋ねると、皆がいっせいにうなずいた。

（待って！　グレース様が男だって気づかれないように頑張るとは言ったけど、死力を尽くすって言ったけど、味方だって確かにそう言ったけど！　それって村の中だけの話でしょ!?）

「ご、ごめん、この洗濯物、王妃様たちのなの！　ちょっと見張ってて！」

カレンは頼むなり駆けだした。

「おお、カレン！　王妃様の侍女になるんだって!?」

「カレン、おめでとう！　頑張ってくるのよ!!」

「応援してるから！　カレン！　遠くに行っちゃっても私のこと忘れないでね!?」

「お前は村の誇りだ！　カレン・アンダーソン万歳！」

川から自宅に戻るだけなのに方々から声がかかる。みんな目を輝かせ、あらん限りの期待を寄せ、カレンが侍女になることを応援してくれている。

（う、嘘《うそ》嘘嘘！　私そんなの引き受けてない！　二十日間の労働を請け負っただけ！）

カレンは心の中で絶叫し、店の中に飛び込んだ。

「お姉ちゃん、聞いて。変な噂が――」

「カレン、お帰り！　グレース様の侍女になるんですって!?　すごいわ、大変な名誉よ！」

「なんでお姉ちゃんまでそのこと知ってるの!?」

「なんでって、当たり前じゃない。今、その話をしていたところなんだから」

姉がニコニコと笑いながらカウンターを指さす。今まで一度も見たことがない量の金貨が山と積まれ、カウンターからこぼれ落ちそうだった。しかもその隣には顔色の悪い男——宰相レオネルが立っていたのだ。

(影薄《かげうす》っ！　全然見えなかった！　そんなことより)

カレンは恐々《きょうきょう》としながらカウンターを指さした。いやな予感しかしない。

「そのお金、なに？」

「これで必要なものを買ってほしいってレオネル様がおっしゃったのよ。これじゃ多すぎるってお伝えしたところなんだけど」

「大切な妹御の旅支度に不備があってはなりません」

カレンをよこせと高圧的な態度で迫れば姉も危機感を覚えただろう。けれどレオネルは偉ぶったところなど欠片もなく、誠実な態度で真摯《しんし》に訴えてきた。そのせいで、姉はすっかりその気になっているのだ。

そんな姉が、一応の反発をこころみて口を開いた。

「でも、侍女として雇うんですよね？　使用人にこんな大金を使うなんて……」

「こちらは侍女になっていただきたいと請う身です。優秀な妹御をグレース様が大変気に入られ、ぜひにとのことでした。ですから、このくらいは当然ですよ。あまったぶんは大人数で突然押しかけた迷惑料だと思ってお収めください」

（だめだわ！　本当にこのままじゃ王妃に売られる……!!）

差額分がカレンの値段だ。

「ま、待って、私まだ行くって言って……」

視線を感じてはっと顔を上げると、階上にグレースが立っていた。目が合った瞬間、紫の双《そう》眸《ぼう》に心臓を射《い》貫《ぬ》かれたように息が詰まった。美しい人が怒ると心底怖い。硬直して階上を見つめていると、身じろいだグレースの手に短剣が握られているのが見えた。

黙れ、と、その目が言っていた。

「カレンが王妃様の侍女になるんだって!?　タナン村はじまって以来の快挙だ!!」

興奮した村長が店に駆け込んで、カレンの手を握って上下に激しくふった。

「すごいわ、カレン！　あなたはタナン村の誇りよ！」

村長夫人は涙ぐんでいる。

そして、押しかけた人々による万歳三唱がはじまった。

姉がカウンターの奥で涙をそっとぬぐう。牛飼い仲間に洗濯物の見張りを頼んだのか、駆けつけた義兄が自分のことのように誇らしげにうなずいていた。

こうしてカレンの王都行きが、彼女の意志に関係なく決定したのだった。

第二章　花の都って魔窟らしいですよ！

1

「いい？　あなたは王妃付きの侍女で、人に見られる立場。そのことを自覚なさい。本来、貴人の侍女には貴族の子女がなるもの。小娘がその立場にいるという危機感を持つように」

(危機感？　自覚ではなく？)

「背筋を伸ばしなさい！　顎《あご》を引いて！　人の顔をまっすぐ見ない！　不敬だわ！」

(目を見て話すのが礼儀じゃないの⁉)

「口をぽかんと開けない！　お辞儀してみなさい。……ああ、だめだわ。なんて無様なの。腰を曲げない！　目を伏せて膝《ひざ》を落とすの。ギクシャクしない。流れるように動きなさい。違う！　もう一回！　これは基礎中の基礎よ⁉」

(そんな基礎なんて知りません！)

「今日から百回はやらないとだめね。ドアまで歩いてみなさい。――どうしてがに股《また》になっているの？　いちいち下を確認しないで！」

（だって、練習用に渡された靴、ゴワゴワで履きにくいんだもの！　かかとも高いし！）

「キッチンワゴンを押してみなさい。どうして前のめりになるの？　背筋を伸ばし、なにがあっても優雅に振る舞いなさい。戻ってきたらテーブルに食器を置いて――順番が違うわ。これは最低限のマナーよ。こんなことさえ知らないなんて恥ずかしいと思いなさい」

（ナイフとフォークなんて普通一対でしょ⁉　お皿を先に置いたって食べるのに支障はないじゃない！　なにが気に入らないのよ――⁉）

「ドレスとアクセサリーの合わせ方は実践で覚えなさい」

（うえええ）

「歴史は私が教えてあげるわ。一度で覚えなさい。子どもでも知っていて当然なのだから、口答えは許さないわよ」

（ひいいいいいい）

「テーブルの上にあるものを取ってみなさい。ああ、なんて無様なの！　ブタのほうがずっと上品よ！」

（家畜以下って言った‼）

「その締まりのない顔をなんとかなさい、みっともない」

（これは生まれつき！）

「縫い物は……まあまあね。及第点だわ」

（私、これ得意なのに……及第点って……）

「髪結いはまったくだめね。……まあ、指先は器用なようだから、練習次第ではそこそこものになるかもしれないわ」

（ほ、褒められた……って、違う。褒めてない。なんか私、だんだん麻痺《まひ》してる……!?）

「言葉の訛《なま》りを直しなさい。それから大声を出さない。叫ばない。敬語を覚えなさい。覚えていないなら黙りなさい。そのくらいはできるでしょう」

（うう、ひどい……この人容赦ない……）

朝は主人より早く起き、カーテンを開けること。水差しの水は人肌にあたため、香油を一滴たらす。タオルはいつでも使えるよう持って待機。朝食は軽めのものを用意し、ドレスは主人が指示しない限り侍女が提案して、気に入るまで選び抜くこと。髪は、ドレスや髪飾り、その日の天候、面会予定の相手のことも含めて整え、着替えがすんだら一日の予定を読み上げる。

そこまでが朝の仕事。

「あなたの仕事は楽よ。私一人を見ていればいいのだから。侍女長ともなれば、人事や給料計算、備品の管理、パーティーの補佐までしなければならないのよ」

グレースに言わせれば「まず基本がなっていない」というカレンには、呪《のろ》いの言葉のように聞こえた。

そんな生活が本当に二十日間も続き、逃げだそうと本気で考えはじめた頃《ころ》に王妃様ご一行の短い避暑は終わってしまった。

　抜けるような青空の下、新たにカレンを加えた王妃様ご一行が出立するのを、村総出で見送るという一大イベントが企画された。姉は涙ぐみながら「餞別《せんべつ》よ」と小袋と山のような金貨で買った旅道具を渡してくれた。

「王妃様、宰相様、護衛の皆々様、そして、われらが希望の星カレン・アンダーソンの旅の無事を祈って、万歳ー!!」

「万歳ー!!」

「万歳ー!!」

（なんで旅の無事を祈るのに万歳三唱!?）

　唖然《あぜん》としていると、荷馬車にカレンの荷物が押し込まれた。グレースが乗る上等な箱馬車が一台、荷物を入れる荷馬車が二台、護衛が乗る幌《ほろ》馬車が一台、いつでも迅速《じんそく》に動けるよう馬に騎乗する護衛が四人というのが王妃様ご一行である。カレンはグレースと同じ箱馬車に乗って移動することになった。

「私が言うように発音しなさい」

「こ、ここでも勉強ですか？　私、そういうのはあまり得意じゃなくて……」

　方言とまではいかなくとも田舎者《いなかもの》なら多少の訛りは仕方がない。それを訴えると冷ややかに鼻で笑われた。

「私が迷惑なのよ。まともに話せない侍女なんて恥をかくだけだわ。それともあなた、罵《ののし》られるのが好きなのかしら？」

「き、嫌いです」

「だったら努力なさい。努力して得たものは、あなたにとって価値のあるものよ」

そんなこんなで、移動中は発音や言葉遣い、歴史の勉強、たまに気分転換なのか華やかな王都の暮らしを聞かせてくれた。

半日かけて隣の村に行き、小休憩をとってまた移動する。次の村に着いたのは日が暮れたあとだった。

「歓迎パーティーは中止して。無駄だわ」

グレースはカレンにそう告げた。

（ひ、人の好意を無駄って……!!）

カレンなら大喜びで受けるところを、彼女は不快感をあらわにしていた。

「グレース様にはたいしたことがないかもしれないですけど、村を挙げての歓待ですよ。断るなんて勿体《もったい》ない」

「――無駄だと言っているの。お前、主人に口答えする気？」

じろりと睨《にら》まれ、カレンは眉《まゆ》をひそめた。わがままで気分屋の王妃は、他人の好意をときおりこうして拒絶する。

（タナン村では村長さんの家に行ってご馳走《ちそう》を食べたくせに、どうしてこの村じゃ行ってあげないのよ。王妃様が田舎に来るなんて滅多にないんだからみんな喜ぶのに）

納得いかない。だが、抗議するとそれ以上に言い返されるので口をつぐむしかなかった。

「着替えるわ。手伝って」

グレースはそう言いながら革袋の中から乾燥させた果物《くだもの》を一つつまみ、口に入れた。彼女は一日三回、必ずそれを口にする。大変高価な乾物らしく、管理は宰相が厳重におこなっていた。

「かしこまりました」

ジョン・スミスの新刊とタナン村の誇りのため、不満を呑《の》み込んでカレンはうなずく。フックを一つずつはずし、脱がせたドレスに汚れがないか素早く確認してから洋服かけにかける。

コルセットの紐《ひも》をゆるめているとノックの音がした。

「パイをお持ちしました！　焼きたてのパイです！　失礼しまあす!!」

弾むような女の声とともにドアが音をたてる。カレンはぎょっと振り返り、開きかけたドアを押さえた。

「きゃ!?　なんですか!?」

「い、命の危機が迫っていたので！」

グレースの秘密を知ったら、この見知らぬ娘が危険だ。焦るカレンをグレースがものすごい顔で睨む。鍵《かぎ》を閉め忘れたの？　と、無言で問いかけられ、カレンは激しく首を横にふった。

（かけてたけど開いちゃったんです！　不可抗力《ふかこうりょく》です！　鍵が壊れてるところまで責任持てません――!!）

「開けてください、パイをお持ちしたんです。自慢のパイです」

「今、王妃様はすっぽんぽんです！　開けることはまかりなりません――!!」

近づいてきたグレースに扇でひっぱたかれた。恥をかかせるな、ということらしい。

「あ、あとで取りに行きます」

カレンはそう告げて、ドアの前から気配が去ってからそろりとグレースを見た。怒りの感情は、美しい顔をさらにいっそう美しく飾り立てていた。

「言い方を考えなさい」

「でも……」

「言い訳に頭を使うほど無駄なことはないわ。不備がないか確認するのは最低限の気配りよ。それすらできず失言をするなら、あなたに価値などないわ」

――本当に、容赦がない。

それでもなにも言い返せず、カレンはぐっと唇を噛《か》んだ。悔しい。グレースが言っていることが正しいとわかっているからよけいに悔しい。

「申し訳ありませんでした」

カレンが頭を下げると、グレースはぷいっと顔をそむけて離れていった。

2

ラ・フォーラス王国の王都は別名〝花の都《みやこ》〟と呼ばれる。華やかな都というわけではなく、本当にどこもかしこも花であふれているからだ。家々の窓には赤や白や黄色、橙《だいだい》、ピンク、青の花が咲き乱れる花かごが下がり、石畳の通路の脇《わき》には花壇が設けられ、街路樹からも花がこぼれ、おまけに花屋が至る所にあるのだ。

「宝石も贅沢《ぜいたく》ですが、生花がもっとも贅沢ですからね」

噂《うわさ》には聞いていたがまさかここまでだったなんて――呆気《あっけ》にとられて町を眺めていたカレンにそう教えてくれたのは、馬に乗って馬車と並走する宰相レオネルである。

「生花が、贅沢？」

「二つと同じものがないその花は、切れば数日で枯れてしまう。そんな数日のために人々は金《きん》銭《せん》を払い、贈りあう。永遠ではないその価値は、受け取った本人しかわからない。だからなにより尊くて贅沢なんですよ」

「……永遠ではない価値」

戸惑いながらつぶやくと、近隣の窓が開き、花びらが降りそそいできた。

「グレース様ー!!　グレース様ー!!」

窓から身を乗り出して子どもたちが花びらをまき、石畳は瞬く間に世界で一番華やかな絨毯《じゅうたん》へと変わった。カーテンを開けてグレースが手をふると、通りはあっという間にグレースを一目見ようとする人でごった返した。にこりとも笑わないのに人気はあるらしい。

(そのうち幻滅するんだろうなあ。中身があれだもんなあ)

カレンはそっと溜息《ためいき》をつく。

けれど、「そのうち」なんて必要なかった。

それを、カレンはほんの数時間後に実感することになった。


「全員部屋から出ていきなさい」

グレースは〝王妃の帰城〟に意気揚々《いきようよう》と押しかけた女たちに静かに命じた。長旅で疲れているところに座る間もなく訪問され苛立《いらだ》つ気持ちは十分わかる。だが言い方が乱暴すぎる。

とたんに凍り付く空気にカレンの口も引きつった。

(出ていけって……でもこの人たち……)

質素だが誰《だれ》もが上質なドレスをまとっている。

(メイド服じゃないってことは……っ、つまり、貴族たち?)

侯爵令嬢や伯爵令嬢など、未婚の娘が行儀見習いで城にやってくると道中で聞いた。逆に、息子の伴侶《はんりょ》に屋敷を任せるようになった夫人や、娘たちが嫁いで肩の荷が下りた夫人なども王族のそばに仕《つか》えるらしい。若い女性は身の回りのお世話を、年かさの女性は相談役を、それぞれが担《にな》っているのだという。

（ジョン・スミスの本の通り！　本の中の世界がここに……!!　って、待って。じゃあこの人たちってグレース様が〝味方〟にしなきゃいけない人じゃないの？）

すでに空気がギスギスとしている。

明るい金髪を高く結い上げた令嬢が一歩前に出た。

「無事のお帰り心からお喜び申し上げます、グレース王妃殿下。わたくしたちは王妃殿下のお帰りを今か今かと待ちわびて……」

「出ていけと言ってるの。そこでただ立っているだけなら石像で十分よ。それとも、やるべきことがないのかしら？」

攻撃的なグレースの口元を扇が優雅に隠す。

「な、なにをおっしゃっているんですか。わたくしたちは王妃殿下のために集められて……」

「必要ないと言っているのがわからないの？　困ったわね、簡単な言葉で伝えたつもりだったのにそれも通じないなんて」

グレースが困惑気味に言葉を濁し、扇の下で息をついた。カッと令嬢の頬《ほお》に朱が散った。

（な、なんでこんなに喧嘩《けんか》腰なの!?）

グレースは十五歳だと聞いている。対し、女たちは同年代かやや年上だ。小娘にバカにされた屈辱に、誰の顔にも大なり小なり怒りの感情が見て取れた。

「言い直すわ。これからはカレン・アンダーソンに私の身の回りの一切を任せます。だからあなた方は必要ないの。帰ってもらって結構よ」

グレースがきっぱりと告げると、女たちの視線がカレンに突き刺さった。敵意と疑惑がむき出しの視線にカレンの口元が引きつった。どうも、なんて会釈したら視線に刺し殺されそうだ。

(なにこれ!? なんで私がこんなことに巻き込まれなきゃいけないのよ!!)

正体を隠したいなら味方を作るべきなのに、グレースは積極的に敵を作っているとしか思えない。しかも、グレースが変な紹介の仕方をしたせいで、貴婦人たちが殺気立ってカレンを見ているのだ。

「どこから拾ってきたんですか、こんな芋《いも》くさくてみすぼらしい田舎娘」

髪は邪魔にならないよう二つにわけてお下げにし、服は姉が用意してくれた簡素なドレス。足下には誕生日のときに大奮発で買ってもらった革靴――すでにボロボロだが、丁寧に手入れしてある大切なものだ。

宝石は身につけていない。化粧だってしていない。

彼女たちから見れば、みすぼらしい田舎娘であることは間違いない。

けれど、真正面からそのことを指摘されると、羞恥《しゅうち》に言葉が出なくなってしまった。

大事な故郷をバカにされ、それが恥ずかしいと思ってしまった自分に愕然《がくぜん》とした。

「こんな小娘に、王妃殿下はご自分のお世話をさせる気ですか？」

貴人と呼ばれるはずの女が、下品なことに鼻で嗤《わら》った。

グレースは平然とうなずいてカレンを見る。

「ええ、そうよ。カレン、ごあいさつなさい」

（どうして怒らないの？　私をバカにしたってことは、私を選んだグレース様もバカにしたってことでしょ？　それとも、わざと……？）

嘲笑《ちょうしょう》させるために、カレンを連れてきたのか。

苛立ちに唇を噛んだカレンだったが、疑念に蓋《ふた》をしてスカートをつまんだ。

「はじめまして、わたくしはカレン・アンダーソンと申します。以後、お見知りおきくださいませ」

繰り返し練習してきた通りの動きと簡単なあいさつの言葉。しかし、反応がない。嘲笑を浮かべているだろう女たちをそっとうかがい見ると、なぜだか戸惑いの表情だった。

「さあ、そんなところで立っていられてはドアが閉まらないわ。出ていってくださらない？」

グレースが命じても女たちはその場を動こうとしない。と、そのとき、部屋の奥に取り付けられていた小さなドアが低く音をたてた。

（……今、なにか出てきた……？）

カレンが視線を上げた直後、女たちが悲鳴をあげた。

「きゃあああ！　ケダモノよ！　ケダモノが出てきたわー‼」

「いやあああああ！」

キラキラの白い短毛、つんと上向きのピンクの鼻、健康的な大きな耳、つぶらな黒い瞳《ひとみ》、むっちりとした足にふくよかな胴体、細長いしっぽ――どう見てもブタだ。白い毛をまとったピンクのブタだ。ケダモノだなんてとんでもない。血色からして間違いなくうまいブタだ。

グレースを押しのけちりぢりに逃げていく女には目もくれず、カレンは思わず叫んだ。

「なんておいしそうなブタなの！」

その瞬間、ブタが絨毯を蹴《け》り、カレンの腹に突っ込んできた。


「それは食用ではないわ。見てわからないの？」

グレースの声に目を開けると絨毯の上に転がされていた。

「い、てててて」

どうやら倒れた拍子に後頭部をぶつけ、そのまましばらく昏倒《こんとう》していたらしい。さすっていたらブタが顔を覗《のぞ》き込んできた。

「ひい！」

「それは小人豚《こびとぶた》よ。とても頭がよくて好奇心が旺盛《おうせい》で、普通のブタより小さいからペット用に飼育されることが多いの。その子はトン・ブー。私の友人」

「ご友人は選ばれたほうが」

せめて二足歩行できる相手のほうがなにかと都合がよいのでは、と、提案する前にまた突進された。そのまま鼻で押されて絨毯の上を転がされる。

「ひぃいいいいいい」

「おいしそうなんて言うからよ」

呆《あき》れるグレースは、椅子《いす》に腰かけてカレンが気絶しているあいだに運ばれたらしい紅茶を楽しんでいた。

「だっておいしそうだったんです！　むっちりとした体に毛艶《けづや》のよさ！　間違いなく今が食べ頃、ごふ……っ」

鼻が腹にめり込んだ。

「――残念なことを言うようだけど、ブタは雑食よ」

トン・ブーが口を開けた。牙があると他《ほか》のブタを傷つけるからと切ってしまう養豚《ようとん》場も多いが、トン・ブーの牙《きば》はきれいにすべて生えそろっていた。

（わあ、口の中まで健康そう……って、違う！）

逃げようとして足をもつれさせたカレンを見て、グレースはくすりと笑った。

「トン・ブー、いらっしゃい。そんなモノを食べたらお腹《なか》を壊すわ」

トン・ブーは口を閉じ、カレンとグレースを見比べてから「ちっ」と舌打ちするように鼻を鳴らして踵《きびす》を返した。

(中におっさんでも入ってるんじゃないの……!?)

グレースに撫《な》でられてトン・ブーはご機嫌になる。ブタのくせに王妃に飼われているらしい。上品なしつらえの応接室の奥には落ち着いた雰囲気の寝室があって、さらに奥には使用人用の小部屋も完備されていた。そこには人間用のベッドとブタ用のベッドが仲良く並んでいた。

「ブタと同室……!?」

というより、ブタと同列、だ。

「不満なの?」

「い、……いいえ、とんでもない」

(――逃げよう。こんなところ、私じゃ無理だわ)

令嬢たちのギスギスした雰囲気も、同僚のブタも、なにもかもがカレンの予想の斜め上だ。とてもやっていけそうにない。だから逃げよう。宰相に言われ不承不承《ふしょうぶしょう》で雇った娘が消えても、グレースはきっと捜したりしないだろう。町に出たら住み込みで働ける場所を探し、路銀《ろぎん》が貯《た》まったら故郷に帰る――それで万事解決だ。

「あ、グレース様、もう一杯お茶を淹《い》れますね。お湯を取ってこないと!」

カレンはしずしずと部屋を出た。

（……荷物を置いていくのは心苦しいけど）

姉と義兄が用意してくれたものだ。けれど、取りに戻れば疑われる。こっそり逃げ出したいカレンは、苦渋《くじゅう》の決断で荷物を残していくことを決めた。

だがしかし、そう簡単にことは進まなかった。

しばらく歩くと道に迷った。下に行けば城から出られると安易に考えていたが、思ったより複雑な構造をしていたらしい。壁をよく見ると増築の跡があった。

（誰かに道を……あ、あの人！）

「すみません！　道を教えてください！」

振り返ったのは紙の包みを小脇にかかえた宰相レオネルだった。

（うわあああ、一番声をかけちゃいけない人だった！）

彼は辺りを見回し「なぜこんな場所に？」という顔をする。城から出たいが、それを伝えるのはまずい。

「グ、グレース様にお茶を出すために、お湯がほしくて」

「……そうですか。ああ、ちょうどいいのでこちらを先に」

レオネルに手招きされた。階段を下り、廊下を渡ってもう一回階段を下りると医務室にたどり着き、前置きなく体を隅々まで調べられ、病歴を事細かに聞かれ、ようやく解放された。

「なんですか、今の!?」

「健康診断です。身元の保障はもちろんですが、おかしな病気にかかっていると大変ですから」

「それは旅に出る前に調べなきゃいけなんじゃ……」

「二十日間見て伝染病の類《たぐい》はないと判断しましたが、一応念のためです。ではこちらに」

今度は巨大な備品倉庫に連行された。大量の木箱を収めた棚が視界を埋め尽くしている。

「こちらをどうぞ」

レオネルが木箱から取り出したのは、濃紺のドレスに白いエプロン、同じ生地で作られたヘッドドレス、しっとりと手触りのいい革靴だった。

手渡された瞬間、カレンは前のめりになった。

「これ、本当に仕事着《おしきせ》ですか!? こんなにいい生地なのに!? すごい、この縫製! 滑らかな曲線、玄人《プロ》仕様!」

ペラペラの生地かゴワゴワの厚い生地で作られた服が当たり前だったから、厚いのに滑らかな生地というのはそれだけで富の象徴に思えてしまう。いい撚糸機《ねんしき》があればタナン村でもこのレベルの布が織れるようになるかもしれない――そう思うと鼻息が荒くなる。

「こんなにいいものをいただいていいんですか!?」

「もちろんです」

勢いのまま尋ねたカレンは、笑顔でうなずかれてちょっとたじろいだ。

「……宰相さん、なんか顔色がよくなってません……？」

土気色《つちけいろ》だった顔に赤みがさしている。もともと色白なようだが、少なくとも以前みたいな死人を連想させる顔色とはだいぶ違う。

（……今、機嫌がよさそう……？）

話が切り出しやすそうだ。逃げ出すなんて不実なことはせずにちゃんと断ろうと口を開いた。

「あの、宰相さん」

「――そうでした、これもお渡ししなければ」

レオネルはカレンに紙袋を差し出してきた。受け取ると思った以上に重かった。すぐにこれがなにかと察しがつく。ジョン・スミスの、去年出た〝新刊〟だ。

「そ、そのことで、お話が……」

「冊子もあったので入れておきました」

レオネルににこにこと遮られてカレンは首をかしげた。

「冊子？」

「先着百名に配られた幻の短編です」

「まぼ……!?」

あれは都市伝説ではなかったのか。入手した人があまりにも少なくて、付加価値がつきまくって闇《やみ》市場に流れているだとか、愛好家たちが幻覚を見たのだとか、店員に賄賂《わいろ》を渡した人だけに配られただとか、さまざまな憶測を呼んだ冊子。

「う、嘘《うそ》よ、そんなものがあるなんて……本屋のマジョリーさんは実在しないって断言したのよ!? どんな古書でも時間をかければ必ず手に入れるって豪語したマジョリーさんが！」

袋を開ける。中には去年出た新刊と特典とおぼしき冊子が入っていた。

「あああ！　本当だわ！　なにこれ夢なの!?」

今、カレンの手元には恋《こ》い焦がれた新刊どころか先着百名様の冊子まであるのだ。

「まずは五日間、無事に勤めあげたらもう一度交渉のテーブルにつきましょうか」

ひょいっと袋ごと本が攫《さら》われた。

「頑張ります！」

カレンはうなずいた。

頭の中は、新刊と冊子のことでいっぱいだった。

3

五日間我慢すれば、幻の冊子が新刊とともに手に入る。俄然《がぜん》やる気が出た。

興奮しすぎて翌朝は一番鳥が鳴く前に目が覚めた。

「んー、体がギシギシするーっ」

カレンが寝ていたベッドは、カレンの体にはいささか小さかった。ベッドの土台は一年で成長するため〝一年竹〟と名づけられた竹で編まれ、枕《まくら》もない。もっとも、寝返りすら打てないサイズだったので、枕なんて置けるはずがなかったのだが。

ちらりと隣のベッドを見る。

使用人用のベッドの中央で、白いブタがうつ伏せですやすやと眠っていた。カレンが使うはずだった枕もしっかり使っている。

つまりカレンは、ベッドをブタに取られたため、ペット用のベッドで一夜を明かしたのだ。

（あのブタ、昨日の夜は新鮮野菜と小金麦《こがねむぎ》を食べてたわ……小金麦なんて、一握りが砂金一粒の価値があるって言われるくらいバカ高いのに……）

「ふっ……私のためにいい飼料でしっかり太るといいわ」

脂身《あぶらみ》はとろけるほど甘いに違いない。カレンは負け惜しみを口にしつつそっと隣室を覗く。

グレースは広いベッドの隅っこで丸くなって寝ていた。

（……いつも思うけど、変わった寝相の方ね）

旅先では狭いベッドが大半だったから隅で寝ているのかと思ったら、広いベッドでも同じらしい。飼い主とペットの奇妙な逆転現象に首をかしげていると、うっすらと開いた唇からうめき声が漏れた。

「……め、さ……い」

謝罪の言葉とともに涙がこぼれ落ちる。

(な、なに⁉　怖い夢でも見てるの？)

起こしたほうがいいのだろうか。カレンはオロオロしながらもグレースの涙をぬぐい、幼い頃に父がしてくれたように彼女の頭を撫でた。指通りのいい美しい髪がシーツに広がる。

「だ……大丈夫です。誰も、怒っていません」

そっと告げると、グレースの体がゆっくりと弛緩《しかん》していった。

(――なんて、辛《つら》そうに泣く人なんだろう)

普段はあれほど傲慢《ごうまん》なのに、夢の中では子どものようだ。否。グレースはカレンより年下で、本来なら守られる立場にある。

もしかしてずっと無理をしているのだろうか。

悶々《もんもん》と考え込みながら寝衣を脱いだカレンは、軽い生地で作られたお仕着せに着替えて感嘆した。まるでカレンのためにあつらえたようにぴったりで、リボンでまとめた髪にヘッドドレスを装着すると思った以上にしっくり馴染《なじ》んだ。白い靴下に上質な革で作られた靴――これも、柔らかくて履き心地がいい。

(これが都会の作業着！　すごいわ！　この靴、お姉ちゃんにも送ってあげたい！)

グレースのことを気にしながらも、カレンは仕事に取りかかるべく見取り図を開いた。

(城内のどこになにがあるか、早く覚えなくちゃ)

仕事が五日間だけだろうと、移動のたびに見取り図を開いていては効率が悪い。じっと見取り図を凝視してから目を閉じ、「よし」と気合いを入れて控え室から廊下へ出た。

(あ、しばらく見取り図を持って歩いた方が……)

振り返ってドアノブを握るが、くるくると空回りしてドアが開かない。

「使用人の控え室からは入れないようになってるぞ」

グレースの私室を警護する兵士が声をかけてきた。「防犯だ」と声が続く。使用人控え室に入るには、彼が守っているドアからいったんグレースの私室に入らなければならないらしい。

「ありがとうございます。次から気をつけます。あ、おはようございます！」

カレンはスカートをちょんと持ち上げて一礼し、軽《かろ》やかに駆けだした。階段を下り、廊下を渡り、また階段を下りる。夜が明けたばかりだというのに巨大な厨房《ちゅうぼう》は熱気に満ちていた。

「おはようございます！　お湯をいただけますか？」

声をかけるが無視された。

「すみません！　お湯がほしいです!!」

大声で訴えたら何人かが振り返った。白い調理服をまとう男たちは、首に巻くスカーフで作業内容が違うらしい。若い料理人も中年の料理人も、誰もが忙しそうに手を動かしている。

「お湯を――」

「そっちに回す湯なんてねえよ」

立派な口髭《ひげ》の男にすげなく断られた。

「少しでいいんです。王妃様が顔を洗うために使うだけですから。あ、私、グレース様の侍女でカレン・アンダーソンです。よろしくお願いします」

「湯はない。何度も言わせるな」

ないはずはない。今まさに沸かしているのだから。しかし、料理用を無理やり奪うわけにはいかない。ウロウロしていると「ほしいなら自分で沸かせ」と、続けて言われた。

「では、火を」

「それくらい自分でなんとかしろ」

(——これはもしかして)

嫌がらせだろうか。しかし地味すぎていまいちよくわからない。

「水は」

「自分でくんでこい」

水瓶《みずがめ》があるのにわけてくれる気もないらしい。

「わかりました。失礼します」

一礼して厨房を出ると、背後でかすかに笑い声がした。カレンは小さく息をつき、井戸に向かう。水くみ桶《おけ》に水を入れ、炭小屋で炭をわけてもらって枯れ草を拾い厨房に戻った。それまで賑《にぎ》やかだった厨房が不自然に静かになったが気に留めずに声をかける。

「かまどをお借りします」

返事を待たずに手近にあった鍋《なべ》に水を移し、枯れ草をかまどに突っ込んでポケットをさぐり、顔をしかめた。

「すみません、ちょっと失礼します」

近くを通りかかった若い調理人に声をかけ、仰天する彼のズボンのポケットに手を突っ込む。底に溜《た》まっていた繊維くずをつかみ、お礼を言ってから愛用の火打ち石で火をつけてかまどの中に入れた。息を吹きかけて火を育て、枯れ草と炭を手早く組んでいく。

そうして適温になった湯を水差しに移すとささっと火を消し、片手でスカートをつまんでぽかんと立ち尽くしていた若い料理人に会釈したあと厨房を見回した。

「ありがとうございました！」

大きな声でお礼を言って、踵を返すと厨房を出た。

グレースを起こし、顔を洗わせ、ドレスを用意する。

コルセットを手に取って、カレンはそろりと口を開いた。

「グレース様くらい美人なら、あえて胸を盛らなくてもいいのでは？」

「……あら、朝っぱらから喧嘩を売っているのかしら」

今朝方の涙は、もしかしたら単に怖い夢を見ていただけなのかもしれない。いつも通り攻撃的なグレースを見て、カレンは慌てて「違います」と首を横にふった。

「胸元をリボンやレースで盛り盛りにするんです。えっと……つまり、これですね」

カレンは比較的飾りの少ないドレスを選ぶと糸と針で胸の辺りを軽く縫いつけ、レースのハンカチに針を刺してギャザーを作って胸元に留めた。さらにもう一枚、レースのハンカチを同じように胸元に留めて、持参した裁縫箱から飾り用の金属片を取り出し縫いつける。

「こういう感じです。旅のあいだも思ったんですけど、いくらグレース様が華奢《きゃしゃ》だからって、あのコルセットは小さすぎます。締めつけなくてもきれいなら、無理する必要はないかと」

グレースはきょとんと目を瞬いた。絶句している。

「気に入りませんか？　だったらいつも通りに……」

「待ちなさい！　せ……せっかく手を加えてくれたんだし、あなたがどうしてもと言うのなら、今日はそれを着るわ」

そわそわしている。どうやらカレンが思っていた通り、グレースはコルセットが得意ではなかったらしい。

着替え終え体を撫で回したあと、グレースは満足そうに息をついた。

朝は礼拝がある。それがすむと比較的質素な朝食が待っていた。旅先での歓待が異様だったことにカレンはそのときになってようやく気づくわけだが、反対にカレン用の朝食には過剰な歓迎が形になって現れていた。

（……虫入りなんて斬新《ざんしん》だわ。確かに村でも食材として食べる人がいたけど）

グレースはなにも言わなかったから、彼女の食事は無事だったのだろう。グレースが朝食を食べ終わったあと使用人控え室で一人静かに食事をとっていたカレンは、台所でよく見る系の虫に眉をひそめた。〝食材〟はこれじゃなかったよな、と、こっそりその部分だけちぎってトン・ブーのエサ鉢に移動させてみたが、トン・ブーはぷいっと横を向いてしまった。

食後にランスロー伯爵夫人がやってきた。五十代後半、ふくよかで上品な貴婦人だ。令嬢たちにしたように伯爵夫人も部屋から追い出すのかとハラハラしていたら、彼女はグレースにマナーを教えに来たらしく、カレンも巻き込まれる形で指導を受けることになってしまった。

「昨日の自己紹介は、とてもよかったですわ。きれいな発音とお手本のように美しいお辞儀で、誰も文句一つ出てこなかったんですもの」

どこで見ていたのかそんな評価を賜《たまわ》ると、グレースが小さく息をついた。

「田舎者と、はじめからバカにしてかかっているからよ」

「――ですが、普段の言動は侍女としてふさわしくありません」

ランスロー伯爵夫人は、カレンはもちろんのことグレースの考え方すら窘《たしな》めている。口調とは裏腹に鋭い眼差《まなざ》しを向けられ緊張していると、赤い紐を咥《くわ》えたトン・ブーがやってきた。それを見て、カレンははっとした。

「グレース様、トン・ブーが煮豚になりたいそうです」

「ぴぎー!!」

見たままを訴えるカレンにトン・ブーがすごい勢いで突進してきた。反射的に逃げると追ってきた。室内で飼われている小型種とはいえブタなのでそれなりにでかい。それが追走するのでかなり怖い。伯爵夫人に注意されたばかりだが、カレンは恐怖のあまり悲鳴をあげた。

「ぎゃー！　食われるー!!」

「煮豚になりたいわけないでしょう！　散歩に行きたいの！　お前が連れていきなさい。失言の謝罪の意味も込めて」

ぴたりと動きを止めるトン・ブーの体にグレースが赤い紐を固定する。

(あ、あれって胴輪？　都会じゃ犬に首輪をするって聞くけど、ブタに胴輪をするの!?)

トン・ブーのしっぽが空気を切り裂き凶悪に揺れている。断ったらまた突進してきそうだ。

グレースから紐を受け取って、カレンは怖々と歩き出した。


トン・ブーは、外に出るといきなり昆虫を捕まえた。次に草を引きちぎった。さらに花畑に顔を突っ込んで旺盛に食っている。

「さっきごはん食べたでしょ!?　それ以上大きくなってどうするのよ!?」

悲鳴をあげていると「あれ?」と声が聞こえてきた。振り返ると、朝、ポケットを拝借した若き料理人が立っていた。

「あ、その節は助かりました」

ブタに引きずられつつお礼を言うと、彼はちょっと照れたようにはにかんだ。

「いきなりポケットをさぐられたときは焦ったよ。しかも、あんなにあっさり火をつけるなんて……あの火打ち石、どこで手に入れたの？」

「故郷で採れた石です。予備がいくつかあるから差し上げましょうか？」

「え、いいの？　ありがとう。俺《おれ》、まだ新人だから朝一に厨房に来て水くみや火おこししなきゃならないんだけど、あんまりそういうの得意じゃなくて」

カレンがポケットから取り出した火打ち石を手渡すと、彼は嬉《うれ》しそうに微笑《ほほえ》んだ。

「俺はジャック・マーロン。厨房の下働きだ」

「カレン・アンダーソンです。グレース様の侍女です」

一瞬で笑顔を消し、慎重に辺りを見回したジャックが思いがけないことを告げてきた。

「実はさ、令嬢たちが昨日厨房にやってきて、君には協力するなって言ってきたんだ。王妃様をたぶらかしたとんでもない女だからって」

（……たぶらかすって……ジョン・スミスで一本釣りされたの、私のほうなのに）

溜息が出た。

（私がいなくなれば、グレース様は自分たちを頼らざるを得ないって考えたのかしら）

しかし、グレースは秘密をかかえている。だから彼女たちを頼ることはないだろう。今一緒にいる伯爵夫人とだって、マナーを教わる以上に深くかかわろうとしないに違いない。散歩が終わったらあの部屋に戻らなければならないのかと思うと気が重い。

「そういえば国王陛下は？　グレース様が戻ってきたのに、どうして会いに来ないの？」

一番厄介な相手がまだ姿を現していないことに、カレンは今ようやく気がついた。グレースに一目惚《ぼ》れして、許婚《いいなずけ》を捨てて小国の姫を妻にと望んだ諸悪の根源。

（いやもう一生会いに来ないほうが嬉しいんだけど！　最悪でもあと四日は！）

「陛下はそろそろ遠征から帰ってくるって話だよ」

「ひぃ！」

あっさり返ってきた言葉にカレンは卒倒するほど驚いた。

絶句するカレンにジャックは不思議そうな顔をする。

「なにか困ったことがあるなら相談にのるよ。火打ち石のお礼」

「い、……いいえ、大丈夫です」

「どんなささいなことでも構わないんだけど」

はにかむように笑う。異性にこんなふうに親切な言葉をかけてもらったのははじめてかもしれない。カレンの基準がタナン村のわんぱくな面々、とくに幼なじみなせいか、もしかしてこれは恋の予感なのでは!?　と内心でときめいてしまうほど動転した。

（だ、だめよ、勘違いしちゃ。そんな都合のいい話……）

「カレン？」

（い、いきなり呼び捨てとか――!!）

まっすぐ目を見つめられると顔が熱くなる。

「私、トン・ブーの散歩の途中なので失礼します……!!」

カレンは悲鳴とともに逃げ出した。

4

それからは気持ちがふわふわとしていてすべてが上《うわ》の空だった。

マナー教室では気がゆるみすぎだと注意され、謁見の支度では手際の悪さを叱《しか》られた。

それればかりか、令嬢たちに水をかけられても笑顔で受け流し、昼食に入っていた虫も、夕食に入っていた虫も、微笑みながらそっと横によけた。

湯浴《あ》みがしたいと言い出したグレースにも応じた。相変わらず厨房ではぞんざいに扱われ、水は自分でくんでこい、火も貸せない、そうあしらわれたが全然気にならなかった。水くみ桶を持って井戸と厨房を往復し、沸いたお湯を持ってさらに厨房から王妃の私室に移動するときも夢見心地が続いていた。

「……な、なにがあったの……？」

さしものグレースも気味悪そうにカレンを見る。

「なにもありません。湯加減はどうですか？」

鼻歌が出ていることにも気づかないほど上機嫌なカレンは、たっぷり湯を含ませたタオルでグレースの小さな背中を丁寧に洗った。

「あ、香油があるから使ってみます？　姉が持たせてくれたんです」

ジョン・スミスの本の中で、貴族が香油の入ったお湯で体を洗う場面があった。カレンは返事を待たず小走りで使用人控え室に戻る。食事をして腹一杯になったらしいトン・ブーがベッドの真ん中で寝ているのを見て溜息をつき、カバンをあさって香油の小瓶を取り出す。丁寧に細工された小瓶はそれだけでも値が張りそうだった。姉が持っていたほうがずっと役に立ったのでは、そんなことを思ったカレンは、村を出る前に姉から渡された小袋に目を留める。

小袋から出てきたのは、自称剣士だった父が持っていた首飾りだった。

「いつかくれるって言ってたやつだ……!!」

咲き誇る三輪の薔薇《ばら》とそれを囲む蔦《つた》をあしらった首飾り。無骨で不器用な筋肉自慢の父にはちっとも似合わず、いつか姉に渡すのだろうと思っていた品だ。浮かれながらさっそく身につけ、ふと首をかしげる。

（でも、お姉ちゃんがつけてるの一度も見たことなかったな）

父が他界したのは四年前、つまりその頃に首飾りを受け取ったはずなのに。

しんみりしていたら、背後でカチリと硬い金属音がした。

「グレース！」

続いて聞こえたのは男の声と、猛々《たけだけ》しい足音だった。

（え……だ、誰か、入ってきた……!?）

施錠がしてあったし、なによりドアの前には護衛がいたはず――当惑していると、グレースの悲鳴が小さく聞こえてきた。

カレンは首飾りを服の下に落とすなり駆けだした。

「誰で――え……？」

寝室に男がいた。薄汚れた男だった。髪は砂にまみれ、無精髭《ぶしょうひげ》の生えた顔も同様に汚れ、一歩あるくごとに床に土が落ちる。男が帯剣しているのを見てカレンは戦慄《せんりつ》した。

「と、止まりなさい!!」

ありったけの声で叫ぶと男が足を止めた。そのすきにカレンは男とグレースのあいだに滑り込み、両手を大きく広げてグレースを庇《かば》い男を睨みつけた。

「こ、ここは、グレース王妃殿下の私室です！　許可なく入ってこないで!!」

男はカレンよりはるかに長身で、体格もよく、しかも荒々しかった。「ああ？」と、口にする調子が、村で煙たがられている荒くれ者に似ていた。

「出ていってくださいっ」

怯《おび》えつつ訴えると、細められた男の青い瞳《め》に喜色が浮かんだ。くっと口角が引き上がる。

「お前がグレースが拾ったっていう侍女か？」

「だ、だったらなに⁉　え、衛兵を呼ぶわよ⁉」

「呼んでも来ない」

「なんで来ないのよ、怠慢じゃないの――‼」

涙目で絶叫すると、男が弾《はじ》けたように笑い出した。ひーひーと呼吸さえ乱して笑っている。

「な、なんて失礼な男なの⁉　衛兵がだめなら宰相さんを呼ぶんだから！」

「――なんだ、レオネルの執務室がわかるのか？」

「わかるわよ！　覚えたもの‼　武器庫だって知ってるのよっ」

「城に来てまだ一日だろ。たいした女だ。いや、面白い。それにしても、武器を持って俺に勝てると思ってるのか」

「思わないけど抵抗ぐらいするわよ！」

激昂《げっこう》するカレンの腕をグレースがつかんだ。はっと振り返ると、彼女はかすかに首を横にふった。

「グレース様？」

「そ、その方、ヒューゴ様」

「……ヒューゴ様……？」

聞いたことがある名前だ。そう思った直後、さあっと顔から血の気が引いた。

(国王陛下じゃないの!!　こんな小汚い……じゃなくて、野性的な方が!?　太陽王!?)

遠征から帰ってくるとは聞いていたが、まさかこのタイミングだとは思わなかった。

城に戻るなり一目惚れして迎え入れた妻に一番に会いに来たのだろう。成婚直後に避暑に行かせるほど大切にしている妻――それが男だなんて気づかれたら、どんなことになるか。

「そ、そ、それ以上近づいたらだめです！」

「なぜだ？」

小汚い男――もとい太陽王は、カレンの言葉に首をかしげる。

「陛下が後悔するからです」

「なぜだ？」

意味がわからない、という顔だ。あなたはうっかり男を妻にしてしまったんです、だなんて、カレンの口から言えるはずがない。なんとか誤魔化したい。

(でも、今なんとか誤魔化してもすぐにバレるんじゃない!?　それこそ今晩にでも！　だったら、第三者である私がいるときに伝えたほうがちゃんと話し合いができるかも……)

ベッドの中でいろいろ盛り上がっているときにバレるより、盛り上がる前――今知るほうがいいのでは、と、混乱したカレンは考える。

「あ、あの、大変申し上げにくいんですが、誰の目から見ても大変お美しいグレース様は、じ、実は、あの、その、普通の女性とは少し違っておりまして！」

「――続けろ」

どう伝えようか言いあぐねていると、呑気《のんき》なことに短く命じられてしまった。

カレンはこくりとつばを飲み込み、短く告げた。

「つ、ついております……!!」

乙女《おとめ》なのでそれ以上は言えなかった。それに、ほんの一瞬見ただけで、たぶんついているんだろうな、程度の認識で、もしかしたら上も下もない可能性だって捨てきれないわけで。

両手で顔をおおいながら反応を待つ。

「ついているというのは？」

重ねて尋ねられ、カレンは絶望した。

「ですから、その……グレース様は、生物学的には陛下と同じということに……でもあの、きっと大変な理由があるので、まずは話を聞きましょう。冷静に、心穏やかに――」

カレンははっと顔を上げた。

「そうだ、お茶はいかがですか!? あ、交渉は食事のときのほうがスムーズだと聞くので、お夜食用意しますね!?」

腹が減っているときは気が立つものだ。食事をとりながらの話し合い、これ以上に名案はない気がしてきた。が、ヒューゴからはなんの反応もない。そろりと様子をうかがうと、険しい表情で押し黙っていた。

（怒って……え……？）

ふるっとヒューゴの肩が大きく震える。口元が引きつり、白い歯が見えた。

怒号が飛ぶかと警戒した――刹那《せつな》。

「く……あははははは！　本当に面白い侍女だな！　なるほど、俺と同じものがついてるか。そうだろうな。グレースは男だからな」

楽しそうに笑ったあと、ヒューゴはカレンの横をすり抜け、ずぶ濡《ぬ》れのグレースを抱き上げた。

「きゃ……!?」

男に抱き上げられて真っ赤になるグレースは、誰がどう見ても華奢な美少女だった。

「グレース様を下ろしてください！　っていうか、知ってたんですか……!?」

「グレースの怪我《けが》の治療をしたのは俺だ」

仰天するカレンにヒューゴは笑いながら告げる。抱き上げたグレースの腹にある傷痕《あと》に唇を寄せる姿はなんともなまめかしてくて目のやり場に困る。

「と、とにかくいったん下ろしてください。グレース様が湯冷《ざ》めします。風邪《かぜ》をひいたらどうするんですか」

ずけずけ意見するカレンに、ヒューゴは「それは大変だ」とあっさりグレースを下ろした。

「では、俺も風呂《ふろ》に行ってくる。話はそれからだ」

びしょ濡れの王様は、王妃様を風呂桶に下ろすと上機嫌で部屋を出ていった。

(な、なにあの男……って、本気で戻ってくる気……?)

あのやかましい男がこの国の王——カレンは軽くめまいを覚え、そろりと視線を落とした。

羞恥に震える王妃様は、全身を真っ赤に染めていた。


追加でお湯を用意し、すっかり冷えてしまったグレースの体をあたため直して湯浴みをすませ、紅茶を出した頃、嵐《あらし》のような男・ヒューゴが再び王妃の部屋へとやってきた。

(ちょ、ま、待って! 同一人物⁉ あの小汚いもさもさ男と一緒⁉ これが⁉)

砂埃《すなぼこり》で髪も肌ももとの色を失い、髭があったせいで見た目にも不潔に映っていたらしい。

今、カレンの目の前にいるのは、太陽王の名にふさわしい見事な金髪に澄んだ青い目を持つ、彫りの深い美しい男だった。男臭さと色気が微妙に混じり合い、やや着崩した服も妙に似合っている。遠征から帰ったばかりとは思えない健康的な白い肌に武人らしい大きな手、広い肩、長い足——まさに、物語の中から飛び出した貴公子そのものだった。

「カレン、口が開いているぞ」

その完璧《かんぺき》ともいえる容姿の、なんとも形容しがたい口の悪い貴公子の手には、骨付き肉と酒瓶が持たれていた。

「も、申し訳ありません。なんかもう、本当にいろいろ申し訳ありません」

見た目は劇的に変わったが、中身は同じだとすぐにわかった。

ちなみにグレースは、王の帰還と襲撃に今もご立腹中で、カレンが淹れた紅茶を飲みながらつんっと横を向いている。

ヒューゴがカレンにも座るよう言ってきたので、仕方なく同じテーブルについた。

「どうした、グレース。なにか言いたそうだな」

「胸に手を当てて考えたらいかがですか」

椅子に腰かけたヒューゴが、酒瓶をテーブルに置くと身を乗り出してグレースの胸に手を当てた。

「ご自分の胸です！」

キッとグレースが怒っている。

（な、なんて古典的な……）

怒る妻のご機嫌を取ろうと下手《へた》を打った夫、というようにしか見えない。

ふむっと椅子に座り直したヒューゴが考えるように虚空《こくう》を睨み、いきなり頭を下げた。

「急な遠征だったのは謝る。婚礼後にすぐ出たのも悪かったと思ってる」

「……それは構いません。避暑という名目で王城を一時的に出るよう配慮してくださったことは、私も感謝しています」

「じゃあなんで怒ってるんだ？」

困惑するヒューゴを見てカレンは愕然とした。

（な、なんでそんなこともわからないの⁉　入浴中に押しかけてきたからに決まってるでしょ！　あんな一番無防備な姿見られて女なら――って、違う！）

「そんなことより！」

勢いのままカレンは二人の会話に割って入った。

「男性だと知って、王妃に迎え入れたんですか⁉」

「そうだがなにか問題が？」

「問題しかないじゃないですか！　誰かにバレたらどうするんですか⁉」

「始末するようレオネルに言ってある」

「私、殺されるんですか⁉」

「――その予定だったんだが、侍女として迎え入れると聞いたので、そういう話になったんだろう。従属しなければ死んでいたはずだ」

「……そ……そう、なんですか」

村娘の命より王妃の秘密のほうが重要――というのは、理屈としてはわかる。しかし、首の皮一枚で繋《つな》がっている命なのだと知らされるとぞっとした。

「こ、後継者問題とか、大丈夫ですか？」

そっと話を逸《そ》らすとヒューゴは軽く肩をすくめた。

「姉上の子を次の王に据えるというのも手だ。別に俺の子である必要などない」

為政者《いせいしゃ》なら地位に固執するかと思ったが、彼ならあっさり手放しそうだった。前王も五十にして「そろそろ退位する」と、王妃とお気に入りの臣下を連れてさっさと離宮に行ってしまったというし、もともとそういう考えが根底にある一族なのかもしれない。

使うだけでも成金気分を満喫できそうな派手なグラスには見向きもせず、ヒューゴは直接酒瓶に口をつける。カレンは迷い、意を決して尋ねた。

「……へ、陛下は男色《だんしょく》なんですか？」

口にした瞬間、グレースがすごい目で睨んできた。

(だって気になるじゃない！　そんな人見たことないんだから！　権力者にそういう趣味の人がいるって本に書いてあっただけじゃ信じられないし!!)

口をパクパクさせ声もなく言い訳していると「ぶはっ」とヒューゴが盛大に吹き出した。げらげら笑っている。

「裏表のない娘だな。正確に言えば、俺は男色ではない」

「え……でも、グレース様は……」

「ああ、それは」

と、そこまで言って、ヒューゴはガツガツと骨付き肉を食べはじめた。見た目そのままに豪快な食いっぷりだ。感心していると食べかけの骨付き肉がずいっと差し出された。いつもなら全力で断るところだが、あまりにもおいしそうに食べるものだから、つい食いついてしまった。

(こ、これは……!!)

柔らかくて臭みなど一切なく、脂はほんのり甘い。噛むほどにしたたる肉汁に香辛料が混じり合って刺激的だ。

(この肉、間違いないわ。巻き毛牛――タナン村自慢の牛肉じゃない！　他に類《るい》を見ない柔らか霜降《しもふ》り肉！　どんなに食べても胃もたれしないって食通《しょくつう》絶賛の完璧な脂身だわ！　子牛一頭で四十万ルクレの高級食材！　まさかそれが王城で食べられるなんて！)

感激して身もだえしたらまたしてもヒューゴに笑われた。

「そんなにもうまかったか？」

「す、すみません」

さすが、王城の料理人。令嬢に言われたとはいえ地味な嫌がらせをしていても腕はいい。こほんと咳《せき》払いしていると、グレースの視線が肌に刺さってきた。

(だ、だって、これは不可抗力！)

ここにヒューゴがいなかったら、ネチネチと嫌味を言ってきていたに違いない。

肩をすぼめるカレンを見ていたヒューゴは、食べ終わるなり骨をグラスの中に落とした。

ぺろりと指を舐《な》める仕草はどう見ても野蛮人《やばん》だ。

しかし、その仕草が男臭くて色っぽくて、意外と好感度が高くて困惑してしまう。

「さて、話の続きをしようか」

長い足を持てあまし気味に組んでからヒューゴが提案する。口角を引き上げる独特の笑顔には、ふてぶてしさはあっても威圧感はなく、不思議と親しみを覚える類のものだった。

（……かなり変な人ではあるけど、悪い人ではなさそう）

若き王は、平民であるカレンとまっすぐ向き合ってくれている。だからカレンも真剣な表情をヒューゴに向けた。

「わが国とリルリローヴァ帝国の国境で起こっているいざこざは知っているか？」

「領土問題なら、少しだけ。もともと帝国の領土だったものを、戦時下にラ・フォーラス王国が占拠したせいで、それを取り戻す名目で進軍してきてると聞いています」

よく知ってるな、と、ヒューゴが満足げにうなずいた。正直、タナン村にはまったく関係のない話なので、グレースに歴史を叩《たた》き込まれるまで知らなかった。

「今回の遠征もそれ絡みだ。わが国と帝国のあいだには古《いにしえ》の都と謳《うた》われる古都《こと》クレタが存在する。その古都の姫がグレースだ」

「……国と呼ぶには小さな領地だわ」

グレースがつぶやくと、ヒューゴは少しだけ複雑な顔をした。

「だが、歴史は古い。水が豊かで、山塊《さんかい》から砂金が採れる。帝国はその砂金に目をつけ、一年前、領土を奪い返す名目でわが国に進軍するついでに古都に攻め入った」

「ついで、ですか？」

傲慢な帝国の行動にカレンは息を呑む。

「――古都の王族は皆短命で、グレース王女ももともと体の弱い姫だった。早くに両親を亡くした姫は、民を第一に考えて奔走し、国中の者から愛され敬われていた。その姫の容態が悪化したのが四年前。自分の死期を悟ったのだろうな。秘密裏に自分の身代わりとなる者を探させ、民を、国を、託した。それが今の〝グレース〟だ」

偽《いつわ》りの王妃は背筋をまっすぐ伸ばし、凛《りん》とした表情で太陽王を見る。

「そんな古都に、帝国が攻め入ったんだ。小さな国だ。まだ小娘でしかない王女を支えにようやく形をなしている国だ。王城を占拠されるのは時間の問題だった」

想像してカレンは震えた。

（よ、四年前って、グレース様はまだ十一歳でしょ？　普通に暮らしていた男の子が、いきなり王女の身代わり？　そんなの――）

無理だ。国民も、王城で働く人々も欺《あざむ》いて、寄りかかってくる人をすべて受け止めて立っているなんて、どれほどの重圧だっただろう。

そこに帝国が攻め入っただなんて。

絶望的な光景が脳裏に浮かぶようだった。

「侍女たちは私を逃がし、自害したわ」

告げたのは、感情の読み取れない平坦《へいたん》なグレースの声。

「そのとき私は、生き延びてほしいと、民のために逃げ延びてほしいと、そう言われた。でも、それは無理だったわ。敵兵は多く、捕まるのも時間の問題。捕まれば慰み者になるか後宮に入れられて寵姫《ちょうき》の一人になる。でも、私は絶対にそうなるわけにはいかなかった」

死んだ王女の代わりに民を騙《だま》していた少年、それが今の〝グレース〟だ。民の失望と敵兵の嘲笑――それはきっと、今は亡き王女の名をも汚《けが》すことになる。

「だから私も……森で、自害を」

腹部の傷痕はそのときのものだったのだ。

その瞬間、今朝見た光景が脳裏に浮かんで、すとんと胸の奥に落ちてきた。

今まで騙してきた民と、これからも騙し続けなければならない民に向けられた謝罪の言葉。

そして、秘密を守るために自害した侍女たちに向けての涙。

そうして守られた秘密を、タナン村でカレンに知られた。きっとグレースは自分の迂闊《うかつ》さに絶望したに違いない。気を失う直前に見たグレースの苦痛の表情と、短剣を持ったときの青ざめた顔の意味を、カレンは今になって知る。

(私が気を失っているあいだに殺さなかったのは、殺せなかったからだったんだ)

たくさんの人の命を背負う彼女の葛藤《かっとう》。グレースにとって、不出来《ふでき》なカレンは不安要素でしかない。それでも最終的に、そばに置く道を選んでくれた。

カレンの命を守る道を、選んでくれたのだ。

「な、なぜ泣くの……？」

グレースに問われ、カレンははっとわれに返った。泣きたいのはグレースのほうであるはずだ。それでも彼女は気丈に振る舞い、夢の中で自分を責める。

「あなたが、泣かないからです」

思わずそう訴えると、グレースがくしゃりと顔を歪《ゆが》めた。

激情をこらえるように手が強く握られている。

押し黙っていたヒューゴが、カレンとグレースを見比べたあとゆったりと口を開いた。

「大切な姫の体だから、目立つところに傷を作りたくないと腹を斬《き》ったのは幸運だった。帝国の進軍に気づいて古都に入りやつらを退けたとき、グレースにはまだ息があったのだからな。だが、怪我の手当てをして驚いた。名高き美姫《びき》がまさか男だったとは――」

「それはグレース様のせいじゃないです……!!」

責める声にカレンはぐしぐしと泣きながら抗議した。納得いかない。これではグレースがあまりにも報われない。

「だいたい、文句を言うくらいなら、どうしてわざわざ結婚なんてしたんですか！」

「――まあ、普通はそう考えるな。とりあえず、泣きやめ。話しづらい」

よっと身を乗り出したヒューゴが、大きな手でぐいぐいとカレンの涙をぬぐう。そんなことを言われても急には止められない。「無理です」と返したら、さらにヒューゴが身を乗り出してきた。

「……!?」

唇で涙をぬぐわれて、カレンの体が硬直する。

「止まった」

目の前で美丈夫が満足げに笑っている。

（い、今、なに、したの……!?）

真っ赤になって硬直するカレンには気づくことなくヒューゴは椅子に座り直し、腕を組んで背もたれに体重を預けた。

衝撃を隠せずパクパクと口を開閉させるカレンを眺めつつ、マイペースな男はそのまま話を再開した。

「傷が癒《い》えたあと、俺はグレースに提案したんだ。王女は死んだことにして逃げたほうがいいと。再び攻め込まれれば、古都は帝国に隷属することになるだろう。そうなる前に死体を用意し逃げるべきだと、俺は親切に提案してやったんだ」

当然の選択だ。グレースを縛るものはすでになく、これから先のことを考えれば一番賢明ともいえる判断だ。

ヒューゴはカレンから視線をはずしてグレースを見た。

「だがこいつは、俺のそのまっとうな提案にいやだと言った。グレースとして生きることを王女と約束したから、生きている限りはグレースを演じ続ける。彼女のために生き、彼女のために死ぬと言った。実に愚かで――」

ふっとヒューゴが笑った。

「実に見事な決意だった」

当時を思い出したのか、ヒューゴの口調が柔らかくなる。

「別に、男だとか、女だとか、そんなささいなことはどうでもよかったんだ。俺はあの心意気に惚れた。有り体《てい》に言えば痺《しび》れたんだ。だから手を貸してやろうと思った。レオネルは大反対だったが、王妃に据えれば古都はわが国の庇護《ひご》下になる。それで守れるなら安いものだろう。古都をグレースの遠戚《えんせき》が治めるようになった今、彼女は救国《きゅうこく》の女神と呼ばれているんだ」

「あなたこそ愚か者だわ。大切な伴侶を思いつきだけで決めてしまって」

そっぽを向くグレースにヒューゴは苦笑し、手を伸ばすとぐりぐりと彼女の頭を撫でた。

「それにな、この〝娘〟は、存外とかわいい」

にやっとヒューゴが笑い、グレースの頭を鷲《わし》づかみにする。ずるりと頭が上にずれた。

「きゃあああ！　グレース様の頭が取れ、……え？　頭が二個に……!?」

　のけぞって椅子ごと後ろに倒れたカレンは、笑いながら抱き起こしてくれたヒューゴの手元を見て目を瞬いた。

「カツラだ。彼女の髪はもともと茶色なんだ」

　ヒューゴにうながされて視線を戻すと、短髪の美少女が唖然とした様子で椅子に座っていた。はっとしたように頭を撫で、髪の長さを確認している。

「見てろ」

　ささやかれてカレンは思わず肩をすぼめた。

（ちょ、耳！　くすぐったい！　っていうか近すぎ!!　肩抱かないでー!!　さっきの行動といい、この人いったいいなんなの!?）

　既婚者相手に無駄にドキドキして狼狽《うろた》えた。もっとも彼のほうは、カレンになんて見向きもせず、楽しげにグレースを見ていたのだが。

　がっちり肩を抱かれて逃げられないカレンは、渋々とグレースを見つめる。いつもツンツンとしていた彼女は、今や顔どころか耳まで赤くし、ふるふると震えていた。

「……グレース様……？」

　恐る恐る名を呼ぶと、紫の目がみるみる潤み、大粒の涙がこぼれ落ちた。

「ごめんなさい、カレンさん！」

グレースが頭を下げた。

「秘密を知られたとはいえ、殺そうとした僕に仕えることになるなんてどんなに怖い思いをしたか……それなのに僕は、親しくするわけにはいかないと優しい言葉一つかけず突き放すばかりで……レオネルさんにだって辛くあたってばかりだし、護衛のみんなにもお礼一つ言えてない。侍女として集まってきてくれた貴族の女性たちにも、わざわざあんな言い方しなくてよかったのに……!!」

はらはらと泣きながらグレースが懺悔《ざんげ》している。

「陛下の遠征だって古都のためのものなのに、僕はふて腐れて感謝の言葉もかけられない。僕は、僕は、最低だ……!!」

グレースが顔をおおって号泣している。まるで別人だ。だが、その姿は夢の中で謝罪していた彼女と重なって、胸の奥でゆるく響いた。

(――これが、本当のグレース様なんだ)

正体を隠し虚勢を張って、誰とも親しくしないよう振る舞う彼女の、一番根っこの部分。

そんなグレースを見て、ヒューゴが自慢げに胸を張った。

「かわいいだろ?」

カレンは渾身《こんしん》の力で彼から離れ、素早くグレースのもとまで行くと泣き崩れる彼女の肩を抱きしめた。

「こういうのは不憫《ふびん》って言うんです！」

カレンが断言すると、ヒューゴは自分の手を見たあとグレースへと視線を移した。

「……なるほど、不憫か」

本当にわかっていなかった顔だ。ちょっとしょんぼりしている。

「男だと勘づいたやつは片っ端から始末するとレオネルが意気込んでいたせいで、普段は気が張って必要以上にツンケンし、カツラを取ると一気に反動がくる。その落差が個人的には好みだったんだが」

愛《め》でる場所がズレているせいでますますグレースが不憫だ。ぎゅっとしがみつかれてカレンは視線を落とす。濡れた紫の瞳が不安に揺れていた。

過去を一つずつ拾い上げれば、それはそのまま彼女の想いになる。

「完璧なお辞儀も、きれいな発音も、全部私のためなんですよね……？」

恥をかくと言われたが、それはカレン自身のことだったのだ。令嬢たち——あるいはそれ以外の誰かから、カレンが無意に傷つけられないように守るためだったのだ。

「——私、字が読めるんです」

そうだ。歴史なんて、本を一冊渡して「覚えろ」と命じればいいだけだった。それなのに彼女は、カレンがわかりやすいように自ら語って聞かせてくれた。

「私みたいな田舎者、グレース様が一言『来い』って命じれば、拒否なんてできなかったのに」

〝青の子馬亭〟のカウンターに山と積まれた金貨――カレンを『無理やり連れていかれた不幸な少女』にしないために、王妃が請うて同行するのだと村中に知らしめるために用意されたたくさんのお金。

「グレース様が宰相さんに頼んでくれたんですよね？」

カレンの言葉にヒューゴがニッと子どものような笑みを浮かべた。

「なかなかかわいいやつだろう」

どうだ、ここはこれであってるだろう？　と言わんばかりの表情だ。この国で一番偉い人で、カレンよりも年上なのに、いたずらっ子みたいに笑うからついついつられてしまう。

けれどグレースは、素直にカレンの腕の中に収まったままむくれていた。

「かわいくなんてありません。僕が周りにどれだけ迷惑をかけているか陛下はご存じないからそんなことが言えるんです。カレンさんは、僕のお気に入りだって思われたせいで貴族のご令嬢から嫌がらせを受けているんです。レオネルさんがそう教えてくれて……」

グレースが泣きながら抗議の声をあげている。自分がいかにひどい人間であるかを懸命に訴えている姿など、普段のグレースと違いすぎて微笑ましく見えてしまう。

カレンはグレースの手を取って、まっすぐその目を覗き込んだ。

涙に濡れた紫の目が不安に揺れている。

「大丈夫です、グレース様。あんなの嫌がらせのうちに入りません。普通に日々の仕事ですし」

水くみは田舎ならどこだってごく当たり前におこなわれる仕事の一つだ。必要なら家と井戸を何往復もするし、近所の人に頼まれればいつもこころよく応じていた。

「しょ、食事に、虫が」

こっそり始末していたつもりが、どうやら気づかれていたらしい。

「驚きましたが、死ぬわけじゃないので問題ありません。ちゃんと対処してみせます」

「迷惑ではありませんか？　辛くないですか？　僕が侍女にすることを承諾したばかりにタナン村から離れることになって、あまつさえこんな仕打ちを――」

「平気です」

カレンはうなずく。慣れないことばかりだが、グレースのことがわかったのは大きな変化だ。それだけで、不思議と心が晴れやかになる。

「あなたのことは理解したので安心してください」

ぐすぐすぐと洟《はな》をすするグレースにポケットからハンカチを取り出して渡した。

カレンとグレースを交互に見ていたヒューゴが、ついでだとばかりにカツラをかぶせる。

うつむいたグレースが両手でカツラを押さえた。

両目は泣き濡れて真っ赤なのに、表情はすっかりいつもの彼女に戻っていた。

傲慢なほど美しい指が、しなやかに黒髪を払う。

「私を理解しようだなんておこがましいわ」

（あ、スイッチが入った）

見事な切り替わりだ。

（令嬢たちからいじわるされないように、私ともあんまり親しくしちゃだめだって思ってるんだろうなあ。それで、カツラを取ると泣くんだろうなあ。面倒くさい人だなあ）

苦笑しながらもう一度グレースの目を覗き込む。濡れる紫の瞳の奥に、すがるような光がある。不安を押し殺し、必死で立つ人。祖国の未来を背負い、たくさんの人々の期待を細い両肩にのせている人。

（仕方ないなあ。守ってやるか）

にかっと笑う。

「私には目的があります。グレース様の侍女として立派に勤め上げ、そしてジョン・スミスの新刊を入手するんです！　そのための労力は惜しみません！」

「ジョン・スミスが好きなのか？」

握り拳《こぶし》で訴えるとヒューゴが意外そうに確認してきた。

「ご、ご存じですか!?」

「それはまあ……有名な作家らしいからな。間もなく新刊も出るし」

「そうなんです！　宰相さんが約束してくれたんです、新刊を一生くださるって！　去年出た新刊なんて冊子付きなんですよ！　五日間無事に過ごせたら、それもくださるんです！」

　カレンの熱い訴えにヒューゴが眉をひそめている。

「……そんなに好きなのか」

「大好きです！　ジョン・スミスの本を読むためだけに読み書きを覚えました！」

　ふふんっとカレンは胸を張る。と、そのとき、奥の部屋から床を叩く音が聞こえてきた。

　はっと振り向くと白い巨体がボールのように跳ねてヒューゴに突進していった。

「トン・ブー!?」

　カレンは仰天する。あろうことかこのブタ、頭突きの体勢でヒューゴに突っ込んでいったのだ。

　だが、ヒューゴは難なくトン・ブーを受け止めた。彼より確実に重いであろうその巨体を。

「ははは！　トン・ブー、相変わらずうまそうだなっ！」

　禁句である。すごい勢いでトン・ブーが怒っているが、ヒューゴはがっちり抱きしめて反撃を許さない。

（すごい包容力）

　精神的にも物理的にも敵なしだ。

　豪快な男にカレンが思わず吹き出すと、ツンツンしていたグレースもつられたように微笑んだ。

第三章　女たちの戦いがはじまったようですよ！

1

朝。

すがすがしい一日のはじまりに胸躍らせる、朝。

「ふー、すっきり！」

カレンは厨房《ちゅうぼう》を見回して満足げにうなずいた。視界一面、調理台も料理器具も、食器も調味料が入った容器だってぴかぴかだ。壁も床も磨き上げた。顔が映りそうなほど完璧《かんぺき》だった。

カレンは顎《あご》に手をやって笑った。

「ふ、ふ、ふ。カレンさん特製の洗剤の威力を見たか。油汚れも焦げ付きも、新品同様のこの仕上がり！　そして極めつけはお父さん直伝の燻煙《くんえん》剤！　どんな虫でもイチコロな、人間ですら吸い込んだら昏倒《こんとう》する域にまで厳選に厳選を重ねた玄人《プロ》もびっくり仕様の殺虫（人）効果！　しかも残留物はほぼないという夢の一品！」

わりと身近な草や実などでできたりするが、企業秘密なので姉にも教えていない。

「私が本気を出せばこんなものよ」

ふふーんと、一人悦《えつ》に入ったあと高窓も開けておこうと手を伸ばした。しかし、微妙に届かない。背伸びをしていると背後から伸びてきた手が窓を開けた。

「っ……!?」

「おはよう」

振り返ると間近にジャック・マーロンが立っていた。厨房の友、唯一カレンに同情してくれている若き料理人である。

「お、おはよう、ございます。あの……マーロンさん、もしかして怪我《けが》を?」

「――え? どうして?」

「昨日は右手を使ってたのに、今、窓を開けるときは左手だったから」

「昔、大怪我をして右肩をちょっとね……だから可動域が狭いんだ。よく気づいたね」

驚いた。カレンは目を丸くした。

「父もです。父も怪我で肩を壊して、あまり上にはあがらなかったんです。ちょうどこの辺りに十字の傷があって」

カレンが自分の肩を指でたどると、ジャックは唖然《あぜん》としたように言葉を失った。

「マーロンさん?」

「ジャックでいいよ。俺《おれ》も君のこと、カレンって呼びたいし」

（お互い呼び捨てって、いきなり急接近すぎない!?）

　ずいっと顔が近づいてきた。

「俺たちの出会いはきっと運命だ。実は俺の肩にも傷があるんだ。お父さんはどちらに？　ぜひお会いしたいんだけど」

「ち、父は、四年前に他界しました」

「四年も前に……」

　残念そうにつぶやくジャックにカレンはどぎまぎした。もしかして、あいさつしたかったのだろうか。一目惚《ぼ》れからの結婚なんて、それこそ物語の中だけだと思っていたのに。

「そういえば、カレンはこんなに朝早くからなにしてるの？」

「大掃除です。食事の中に虫が入ってたから、原材料から始末しようと思って」

「げ、原材料って……」

「ジャ、ジャック、あの、もうすぐ他《ほか》の料理人も来るんですか？」

「ああ。俺と同じ下っ端が五人、かまどと湯の準備にそろそろ出勤する頃《ころ》だと思う」

「手伝うわ」

「ありがとう。でも、王妃様にお湯を持っていかなきゃいけないんだろ？」

　気遣ってくれている。それだけで好感度がぐんと上がる。

「またいろいろおしゃべりしよう。君と話していると楽しいから」

「え、ええ、ぜひ！」

カレンは湯を沸かすと水差しに移し、ふわふわと浮かれながら階段を上がった。

（お父さん、出会いをありがとう！　今日はきっといい一日になるわ！）

笑顔で護衛の兵士に会釈して応接室から寝室に移動し、水差しをテーブルの上に置く。カーテンを開けて空を見上げると、タナン村で見るような気持ちのいい晴天で、心なしかさえずる小鳥の声まで楽しげだった。

「グレース様、おはようござ、……きゃあああ！」

カレンは悲鳴をあげ、われに返るなり応接室まで駆け戻ってドアに飛びついた。

「すみません、なんでもありません！　陛下がいらっしゃったのでびっくりしただけです！　どうぞお気になさらずっ」

ドアを開けてよけいなものを見られたら生死にかかわる。カレンはドア越しに「どうした」と問う衛兵の声にそう答え、ぶるぶる震えながら寝室に戻ってベッドを見た。

（――いる。確かにいる。なんでいるの！）

完徹だから幻覚かと思ったが、ヒューゴがベッドの真ん中で寝ている。しかも、いつもならベッドの隅で丸くなっているグレースをがっちり抱きしめている。

（男色じゃないって言ったのに！　は!?　グレース様だけは特別!?　でもカツラをかぶってるわ。まさか女性として――）

「あ、あ、愛し合ったという意味なの……!?」

だめだ完全に理解の範疇《はんちゅう》を超えている。本の中なら美しい恋物語でも、実際目にすると反応に困る。

「朝から賑《にぎ》やかだな」

ふあっとあくびをしつつヒューゴが起き上がる。裸だ。大胸筋だ。上腕二頭筋だ。錯覚だろうか。腰のラインまで見えている気が。

「陛下、た、た、倒れていいでしょうか？」

「やめておけ。頭を打つぞ。助けに行ってやってもいいが――」

「いやあああ！　結構です！　お気持ちだけで十分です！　こっち来ないで――!!」

「どうした!?」

応接室のドアが開きそうな気配にカレンは青ざめる。

「なんでもありません！　陛下が起きただけです――!!」

衛兵に向けて支離滅裂《しりめつれつ》に叫んでいると、ヒューゴがくつくつと笑い出した。そうこうしているうちにグレースが目を覚まし、ヒューゴの裸を見て悲鳴をあげた。

「なんて格好をしてらっしゃるの！　は、は、はしたないっ」

「言っただろ。俺は服を着てると窮屈《きゅうくつ》で寝られなんだ。隣に誰《だれ》が寝ていようと脱ぐぞ」

「不潔！」

堂々と告げるヒューゴに、グレースがシーツをパシパシ叩《たた》きながら抗議した。おまけに「なにか言え」とカレンに涙目で訴えてくる。乞《こ》われたなら応じなければと、カレンはキリリと口を開いた。

「節操なし！」

「変質者！」

「エロ吉！」

「待て、二人で交互に俺を罵《ののし》るな」

ヒューゴはベッドの下に落ちている服を拾いながらブツブツと文句を言う。

「だいたいグレースがベッドの端で寝すぎるんだ。落ちたら怪我をすると思って真ん中に移動させたらまた隅に行く。だから俺がこうして安全に眠れるように留め置いてやったのに」

——どうやら善意で同衾《どうきん》していたらしい。

（本当に、変な王様）

王妃と侍女の暴言に怒るどころか言い訳をはじめる王に吹き出していると目が合ってしまった。慌てて笑みを引っ込め、できるだけヒューゴを見ないように水差しの湯を洗面器に移していると、テーブルの隅に本が積まれているのが見えた。

「ジョン・スミスの本……!?」

去年出たもの以外、既刊四冊がすべてそろっている。しかも、角もすり減ってない美品だ。

表紙の箔《はく》押しもちゃんと金色に輝いていた。

「昨日、大好きだと言っていただろう」

「これは陛下の本ですか⁉」

「俺のものというわけではないんだが、……まあ、一応は俺のものということになる」

なんとこんなところにも愛読している同志がいようとは。公言するのがはばかられる立場ゆえか言い方は曖昧《あいまい》だが、それよりもまずは本だ。間近にあるジョン・スミスの著書だ。

「触ってもいいですか？」

両手でそっと持ち上げて表紙に触れる。ざらざらした手触りだ。カレンが愛読している本が黒光りしていたのは手垢によるものらしい。ぱらりとめくるとかすかにインクのにおいがした。どのページも汚れや変な書き込みがなく、しかも日焼けの類《たぐい》さえない。

「こんなきれいな本、はじめて見ました――って初版本⁉　デビュー作から初版本をお持ちなんですか⁉」

「……まあ、なんとなく」

「さすが陛下、お目が高い。私、本屋のマジョリーさんが読み聞かせてくれて、それから大好きになったんです。そのときにはもう重版されて、それどころか二冊目も出てて、私、どうしても自分で読んでみたくなって、生まれてはじめて机にかじりついて、ジョン・スミスの著書を教本に読み書きを勉強したんです……‼」

懐かしき変遷《へんせん》だ。

田舎《いなか》の識字率はとても低い。字が読める者は自慢げに外で新聞を広げて学《がく》があることをひけらかすほどだ。数字に強かったカレンも文章などはまったく読めず、かろうじて自分の名前が書ける程度だった。必死で簡単な言葉を覚えても本を読むには知識が足りず、内容がさっぱりわからなかった。家の片隅で埃《ほこり》をかぶっていた辞書を広げてみたが、そこになにが書かれているかもわからないのだ。そんな状態だったから毎日悪戦苦闘《あくせんくとう》していたら、見かねた父が教えてくれるようになった。それからノートが真っ黒になるまで書き留めた。

(お姉ちゃんには読み書きより計算が早いほうが役に立つって言われたけど……でも、お父さんが死んじゃったあとでも私が契約書を読めたし、そのおかげで巻き毛牛が買い叩かれることもなかったし！　一石二鳥《いっせきにちょう》!!)

「努力家なんだな」

ヒューゴに褒められてカレンは内心驚いた。先駆的だった父はカレンに協力してくれたが、女が勉強することに否定的だった村人は少なからずいたし、労働者に学など必要ないという貴族だっているだろうに、ヒューゴは素直に感心してくれている。

ヒューゴの言葉を聞いたら、父はきっと気難しい顔をしながらも言葉少なに喜んだだろう。

「学べる場所が少なかったので、自分から食らいつかないとなにも得られなかったんです」

父の姿を懐かしく思い出していたら、昨日グレースにしたように、ヒューゴの大きな手がカレンの頭をぐいぐいと撫《な》でてきた。

「な、なにをするんですか!?」

「――いや、頑張っているからご褒美に」

ヒューゴが神妙な顔でそんなことを言う。ひいいっと首をすくめていると、顔を洗ってさっぱりしたらしいグレースが冷ややかな目を向けてきた。

「ヒューゴ様、カレンの髪が乱れます。それはご褒美ではなく嫌がらせよ、嫌がらせ」

「かわいがってるぞ？　ほら」

今度は抱きしめてきた。広い胸に頬《ほお》が密着し、カレンの口から「ひゅっ」と空気の抜ける音が出た。熱が直接伝わってくる。心臓の音を肌で感じる。

ぼっと頬が熱くなった。

「いやあああああ!!　やめてください！　グレース様助けて！」

カレンは悲鳴をあげ、グレースに向かって手を伸ばす。グレースはカレンの手をつかんでヒューゴから引き剥《は》がして抱きとめてくれた。

「斬新《ざんしん》な反応だな」

「斬新なのはあなたの行動です！　からかわないでください！　私は純真無垢《じゅんしんむく》なんです！」

グレースの腕の中で力いっぱい主張した。するとヒューゴが快活に笑った。

（し、心臓がもたない……!!）

村にだって歳《とし》の近い異性はいたし、幼なじみも異性だったが、どちらかというなら子どもっぽく、ときめきなんて欠片《かけら》もなかった。

そもそもヒューゴのようなタイプに慣れていないので、なにかするたびに驚かされて鼓動が乱れてしまう。

(服を着たっていっても結局着崩してるし！ それが似合うとか本当にどうなってるの!? 全裸より色っぽいって、本当にどうなってるの――!?)

涙目で睨《にら》んでいると笑いを収めたヒューゴが深くうなずいた。

「気に入った。グレースを頼む」

国で一番貴《とうと》い人が田舎娘に頭を下げる。奇異な姿にたじろぐと、カレンを解放したグレースが、御前会議の支度をするようヒューゴをせっついた。

「まだいいだろう」

「だめです。王妃が帰ったとたん腑《ふ》抜けたと陰でささやかれたいのですか」

グレースの指摘にヒューゴは溜息《ためいき》をつき、手を伸ばしてきた。とっさに飛びのくカレンにきょとんとした彼は、自分の手とカレンを交互に見てから無邪気に笑みを浮かべた。

「では、またな」

ドアが閉じる。

(な、な、なんなのあの人――!?)

カレンは心臓のある辺りを押さえてぶるぶると震えた。

2

（ああ、眠い）

一晩かけて掃除した厨房で作られた安心安全な朝食を食べ終わったら、とたんに眠気が襲ってきた。

（朝の予定は、お祈りと、伯爵夫人のマナー教室……は、終わって、次は宝石商が来るから出迎えて……ええっと、話は第一《手前の》応接室じゃなくて第二《奥の》応接室で聞けばいいんだっけ？　昼食のあとは散歩の時間で……）

「……カレン」

応接室の片隅で眠気と戦いながら予定を確認していたらグレースに声をかけられた。

「はいっ」

びっくりして声が裏返ってしまった。お茶を飲み干したグレースは、扇を閉じたり広げたりしながら言いあぐねている。なにか不満があるのだろうか――緊張して言葉を待つと、つつっとケーキののった皿を指で押してきた。

「……そんな顔で立っていられると私がいじわるしているみたいでしょ。疲れているのなら、甘いものでも食べなさい」

　ちょんちょん指で皿を押している。本来なら行儀の悪いことだが、どうやら彼女は向かいの席にカレンを誘導したいらしい。「失礼します」と腰かけると、フォークを手に取るカレンをチラチラと見ていた。

（こ……これはもしかして、私の反応を気にしてるの……？）

　恐る恐る頬張ると、甘酸っぱい木苺《きいちご》ジャムと甘いクリームが絶妙に口の中で溶けた。濃厚なチーズと軽いスポンジの二層構造も美味で溜息が出る。

「こんなにおいしいもの、はじめて食べました……!!」

　カレンが歓呼《かんこ》の声をあげると、グレースがかすかに口元をゆるめた。

（喜ぶ私を見てグレース様も喜んでるの!?　わかる……わかります、陛下！　これは、構いたくなる系の面倒くさい人！）

　ケーキをすっかり平らげて「おいしかったです」と伝えると「それはよかったわ」とそっけなく返ってきた。だが、ちょっと鼻息が荒くなっている。

　お茶の時間が終わると、グレースが刺繍《ししゅう》を刺しはじめた。カレンも裁縫道具を出し、宝石商が来るまでに少しでも直しておこうとドレスを広げる。すると、グレースがそわそわしだした。

　刺繍を刺す手を止め、カレンの指先を見つめる。

　期待の眼差《まなざ》しだ。キラッキラだ。

微笑《ほほえ》ましい姿に気づかないふりをして、ウエストの糸を切って広げ、胸を詰め、レースで飾る。同じパターンばかりだと面白くないので、女性らしいラインを作りつつ手を加えてみる。

夢中で縫い物をしているとノックの音がして、カレンは慌てて立ち上がった。

「ガル・ナ・バールです」

「どうぞ、バール様」

開けると、恰幅《かっぷく》のいいちょび髭《ひげ》の宝石商が揉《も》み手で会釈した。

招き入れようとしたら、ドアの脇《わき》に隠れていた者たちが押し寄せてきた。貴族令嬢だ。カレンが止める間もなく応接室に押し入ってくる。

「なにごと？」

刺繍をテーブルに置き、グレースが険しい表情を令嬢たちに向ける。

「グレース様、宝石を選ぶときにはドレスもあわせて選ぶべきですわ。もちろん、靴や帽子も必要ですのよ。侍女のくせにそんな提案もできないなんて」

派手な金髪が叫んでいる。

（あ、昨日も騒いでた人だ。名前なんだろう、覚えたほうがいいのかしら）

令嬢たちの後ろから大きなカバンを持った男が数人、ドレスの見本を持った女たちが数人、さらに小箱を積んだ押し車がぞろぞろと続いた。

「すみません、今日の予定は宝石商の方だけです。あとはお引き取りください」

カレンが丁寧に声をかけると金髪がふんっと鼻で嗤《わら》った。

「いやだわ、田舎者は言葉も理解できないのかしら」

ちょっとムッとした。

「――そちらこそ、予定表の読み方もご存じないんですか？　それとも文字盤が読めないんですか？　時計が必要でしたら、私のものを差し上げますが」

「なんですって⁉」

田舎者からの提案に、金髪が目を剝《む》いた。

（ああ、美人が台無しだわ）

「いいこと⁉　わたくしたちは、もとはヴィクトリア様の上級侍女ですのよ⁉　そんなわたくしたちに失礼な態度が許されるとお思い⁉」

「ヴィクトリア様？」

誰ですっけ？　と首をかしげると、金髪が地団駄を踏んだ。

「きーっ‼　そんなこともご存じないの⁉　ヴィクトリア様は国王陛下の許婚《いいなずけ》！　ヴィクトリア・ディア・レッティア様です！」

「ああ、陛下にフラれた方ですか」

「おま、おま、お前、口の利き方に気をつけなさいっ」

「申し訳ありません。なにぶん田舎者ですので」

「きー!!」

（……きーって、二回も言う人はじめて見たわ……）

他の令嬢たちも憤慨している。だが実際、カレンはヴィクトリアという許婚などまるで知らないので、「お可哀想《かわいそう》に」ぐらいの感想しか出てこないのも事実だ。

（そんなに怒らなくったって、陛下なら寛容に第二王妃くらい迎え入れちゃいそうだけど。あのノリで。でも、王妃候補が二番手なんてプライドが許さないわよね）

「難しい問題ですね……」

「なにわかったような口を利いてるのよ！」

神妙な顔で同情していたら地団駄がひどくなった。どうやら彼女は納得しても同情してもお気に召さないらしい。黙っているほうが無難なのだと貝のように口を閉じていると、めざとく手直し中のドレスを見つけた別の令嬢が、断りもなく手に取り大きく広げた。

「まあ、このドレスをご覧にな……!?」

ぽろりと胸の詰め物が床に落ち、ころころと転がってグレースの足下で止まった。

「……っ……!!」

空気が凍り付いた。

（いやあああ！　またこのパターン!?　またなの!?　二度目なの!?）

しかも、今度は一度目と違い目撃者多数だ。令嬢が持つのは誰がどう見てもグレースのドレスで、当然胸の詰め物は彼女のもので、挙げ句の果てには持ち主を示すように彼女の足下に転がってしまった。

グレースが詰め物を見て固まっている。その場にいる全員の視線がグレースに向けられる。

（ご、ご、誤魔化さないと！　すべてを丸く収める嘘《うそ》をつかないと……あ、そうだわ！　これはチャンス！　ええ、チャンスだわ!!）

幼なじみのときは適当に話を合わせたが、ここで下手《へた》な嘘は事態を悪化させるだけ。この窮《きゅう》地《ち》を前に、カレンはくわっと目を見開いた。

「陛下は巨乳もお好きですが、慎《つつ》ましいお胸がさらにお好きとのことです！」

断言したカレンは、令嬢たちの恥じらいと軽視の眼差しにはっとわれに返った。

（しまった、言い方を間違えた）

「つ、つまり、お胸が小さいことを気にされていたグレース様に、そんな君も魅力的だよ、と、陛下がおっしゃって」

いやちっともおっしゃってないけども。

「しかし世間体があるので、僭越《せんえつ》ながら私がドレスの手直しをしてるんです。詰め物を使わず、グレース様のお胸がぺたんこであることを、それとなく何気なく隠すために！」

ふふんっとカレンが胸を張る。

（ほら完璧な言い訳に……）

「トン・ブー、やりなさい」

グレースがカレンを指さすと、奥からのそのそやってきたトン・ブーが、目を吊《つ》り上げて「ぶひっ」と一つ返事をするなり突進してきた。カレンは悲鳴をあげながらトン・ブーから逃げ回る。

「きゃー!!　なんで!?　どうして!?　貧弱なグレース様のお胸をカバーしようとしたのに！」

「お黙り！」

「これで小さいお胸でも堂々と暮らせるんですよ!?」

「お黙りー!!」

カレンが部屋中を逃げ回ると、ご令嬢たちは「ケダモノよー!!」という絶叫とともに廊下に飛び出し、カレンの目の前でドアを閉じた。開けようとノブをひねるがびくともしない。

「ま、まさか外から押さえてるの!?」

「出てこないでちょうだい、ケダモノ！」

カレンまでケダモノの仲間入りをしてしまったらしい。すさまじい足音とともに駆けてくる怒《いか》れるブタに青くなり、カレンは部屋の中を逃げ惑う。トン・ブーは巨体のわりには小回りが利くらしく、グレースや宝石商、仕立屋、靴屋、帽子屋などには目もくれず、テーブルや椅子《いす》を軽《かろ》やかによけてカレンだけを追いかけ回す。

（かくなる上は……っ）

身構えたカレンは、突進してきたトン・ブーをぎりぎりでよけ、その背中に飛び乗った。

「ふふ、所詮《しょせん》家畜。私の敵では、な……!?」

首につかまってトン・ブーを制御しようと思ったら、あっさり振り落とされた。無様に転がったカレンは、壁にぶつかったところで止まる。

「ま、待ちなさい。話せばわかるわ。私とあなたは同僚でしょ？　同じ部屋で寝起きしている仲じゃない！」

使用人用のベッドをとられ、小さなペット用のベッドで眠った屈辱――寝返りがうてず窮屈ではあるものの意外と寝心地がよくてさらに屈辱だったのだが――を考えればとても親しいとは言いがたいが、カレンは牛のように前脚で床を叩くトン・ブーに和解を求め話しかける。

しかし、トン・ブーはぐっと前屈姿勢を取った。

「あなた、大人《おとな》げないわよ!?」

ひいっと声をあげた瞬間、「もういいわ」とグレースの声がした。

「カレンが怪我をしたら部屋が汚れるわ」

理由はひどいが、ひとまず助かったらしい。カレンがその場にへたり込むと、呆気《あっけ》にとられて立っていた職人たちが顔を見合わせて吹き出した。

「ぶ、くくく。す、すみません。王妃様に取り入った侍女が鼻持ちならない腹黒だと、貴族の令嬢たちが息巻いていたもので……これは……いや、失礼……ぶくくくっ」

宝石商が目に涙を溜《た》めながら笑うのをこらえている。

「私のところもです。アバズレを追い出すために協力してほしいって、今朝、急に店に押しかけてきたんです。今日のスケジュールを全部キャンセルさせられちゃったんですよ」

仕立屋が苦笑する。

「うちも似たようなものです。お得意様だから許してくれましたけど」

「お互いに大変でしたね」

靴屋が困り顔で訴えると、帽子屋もうなずいた。

（わ、私を追い出すためだけにこんなに周りに迷惑かけてたの、あのお嬢様たちは⁉）

カレンが頭痛を覚えてよろめくと、不機嫌顔で話を聞いていたグレースがおもむろに立ち上がって扇を広げた。

「ちょうど新しいドレスや小物が一揃《ひとそろ》えほしいと思っていたところよ」

「グレース様、グレース様！　職人さんたちをこのまま帰すのが申し訳ないのはわかりますが、もうちょっと友好的なお声がけでいかれたほうが」

慌てて呼びかけるが、グレースはカレンの声を無視することにしたらしい。肩を小さく揺らし真っ赤になりつつも言葉を続ける。

「で、でも、いくら令嬢たちが強引だからといって、王妃の私室に先触れもなく押しかけるのは問題です。以後、気をつけるように」

「皆さーん、次からは予定があったら断っていいそうです。令嬢方が迷惑をかけるようなら教えてほしいとグレース様がおっしゃってますから！」

キッとグレースがカレンを睨んだ。

「お前は私の翻訳機《ほんやく》かなにかなの!?」

「真っ赤になって抗議されているので、おおよその解釈はあっていると思われます！」

ビシッと断言すると、職人たちが笑い出した。

「採寸もさせてくださらないから、どんなに気難しい方かと思ったら……!!」

「お胸が小さいのを気にされているんです」

「カレン！」

涙目で抗議するグレース様は、もう誰がどう見ても恥じらう乙女《おとめ》だった。

（よし、これでグレース様のドレス問題は解決！）

多少強引ではあったが、ギスギスし続けるよりずっといい。女装がバレないかと内心はらはらして反応が過剰になるグレースに「さすが、王家御用達《ごようたし》の玄人《プロ》集団！　信頼のできる人たちばかりでよかったですね」と話しかけ、間接的に相手を褒めつつ不信感をやわらげると、間もなく和気藹々《わきあいあい》とした空気になった。

「ウエストと胸の辺りの手直しは、あなた一人でやったの？」

異性もいるし、なによりグレースがいやがるからと、着衣のまま巻き尺で採寸をしていた仕立屋が尋ねてきた。プロが作ったものを素人《しろうと》が勝手に手を加えてしまったのだ。

「コルセットがきついとおっしゃってたので、ついでにドレスのほうも少し……すみません、せっかく丁寧に作ってあったのに」

カレンが謝罪すると、仕立屋が破顔した。

「陛下から聞いたサイズで作ったドレスだから心配だったのよ。あなた、腕がいいわねえ。生地が新品みたいに傷《いた》んでない。胸の飾りもあなたがつけたの？」

「あ、それはハンカチです」

「ハンカチ!?」

仕立屋が素っ頓狂《とんきょう》な声をあげると、皆がわらわらとグレースの周りに集まってきた。足は隠すが胸は見せる、というのが昔から一般的だったから、あえて胸を隠すデザインが、それもハンカチで代用していたのが意外だったらしい。

「なるほど、これはなかなかセンスを問われますなあ」

宝石商が商人の顔でうなっている。

「あの……ドレスを新調するなら、礼服みたいなものをあつらえてはどうですか？」

「礼服？」

カレンの提案にグレースが怪訝《けげん》な顔をする。

「男の人は、決まった式典に決まった服を着ますよね。グレース様も、同じように決まった式典で決まったドレスを着るようにするんです。もちろん、長く着るので素材も厳選して、使う石も選び抜きます。数度着て手放すなんて勿体《もったい》ないですし、同じドレスを繰り返し着ることで、噂《うわさ》になると思うんです」

カレンは声をひそめた。

「王妃殿下があれほど気に入ってるドレスや小物を作った職人は誰か、と」

職人たちの目がきらめいた。利益を求めるならどんどん買い換えてもらいたいだろうが、職人としては大事に使ってもらいたい。ならば、高価なものを大事に使う、この一択だ。

「一方の国民も、浪費癖のある王妃様より堅実な王妃様が好まれると思うので、一石二鳥、いえ、三鳥、四鳥の効果があるのではと」

「お、お嬢ちゃん、策士だね」

宝石商が揉み手をしている。

「ご懐妊されたら体型が変わるので、ドレスは少し融通が利く作りだとなおよいかと」

(いやまあ絶対にないんだけど、ここはあらゆる事態を想定しているという前提で)

グレースが困惑に固まっていたが、カレンは会話のついでに故郷で採れる綿花をすすめておいた。肌触りがよく染色しやすいのはもちろんのこと、タナン村の綿は縮みにくい特徴を持ちとても扱いやすいのに巻き毛牛の子牛ほど売れなくて、もっぱらシーツの材料にされてしまっていた。これを契機に売れれば、村の女たちも喜ぶに違いない。

故郷を思い出し、カレンはぐっと唇を噛《か》んだ。

3

なぜ、と、カレンは思わずにはいられなかった。

故郷を思い出したら、姉たちに近況を知らせることをすっかり忘れている事実に気づいた。手紙を書くならちょっといい便せんを使いたい。だからグレースに外出の許可を求めた。

そこまでは問題なかった。

（……なぜ）

カレンは胸中で言葉を繰り返す。

眼前にあるのは、花であふれかえる香り高き王都――そして、質素で田舎くさいドレスを着た王妃だった。

「あの、本当に外出して大丈夫だったんですか？」

「午後の予定はヒューゴ様との晩餐《ばんさん》だけよ」

「そうじゃなくて……護衛もなしにお忍びなんて危険じゃないですか」

カレンはびくびくと辺りを見回す。

「王都に出てきた田舎者にしか見えないから安心なさい」

メイド服を着て外出するわけにはいかず、カレンも質素で田舎くさいドレスを着ている。声をかけてくるのはきまって土産物《みやげ》売り場の店主だったので、グレースの言う通り田舎からやってきた観光客に見えているのだろう。

「仮にそうだとしても……あ！　見てください！　あの建物!!」

カレンが噴水広場を指さした。なに？　とグレースが目で問いかけてくる。

「バーバラが母親の形見である指輪を落とした場所です！　つまり！　聖地……!!」

「…………」

「あ！　あっちの坂道！　あれはアンソニーがミカンを落とした場所！　つまり聖地です！」

「…………」

「ああ！　あっちはバーバラとアンソニーがはじめてお茶をしたお店！」

「つまり聖地なわけね？」

「その通りです！」

呆《あき》れるグレースに気づくことなくカレンはうなずく。素晴らしい。どこを見てもジョン・スミスの世界が広がっている。

「いくつあるの、聖地が」

「巡礼できますね！　あああ！　見てください、あっちのひときわ高い木を！　アンソニーがバーバラに告白してふられた、つまり聖地です――!!」

グレースがぎょっとする。

「ふられたの？」

「だってアンソニーは貴族ですから！　世間が許さないんです！」

くうっとカレンが拳《こぶし》を握って力説する。すれ違いが恋愛小説の醍醐味《だいごみ》だ。カレンと同じように〝聖地〟にきゃあきゃあと悲鳴をあげる少女の姿がある。観光名所になっているのか、添乗員《てんじょういん》らしき女性が団体客を引き連れて説明をしている。

「アンソニーの両親は、孤児であるバーバラとの結婚に大反対なんです。だけどバーバラにはずっと彼女を陰で支えてくれていた謎《なぞ》の人物がいてですね」

「――どうせどこかの貴族とでも言う気でしょう」

「知りたいですか？」

もったいぶると、グレースは「興味ないわ」と歩きだしてしまった。カレンは慌ててその背を追いかける。

「文具店みたいね。入ってみる？」

雑貨を売る店の前で足を止め、グレースがカレンに尋ねてくる。人波に攫《さら》われかけつつもカレンはなんとかグレースに続いて店の中に入った。

「は!?　この店は……!!」

「お嬢さんの愛読書はバラアンかね」

樽《たる》のような体型の店主が声をかけてきた。

「こ、この店、アンソニーの行きつけでは……!?」

「そうとも。バーバラに出す手紙に使っている便せんは、なにを隠そうこの店で買ったものなのさ！」

「きゃあああああ！」

僥倖《ぎょうこう》にカレンが歓喜するとグレースがそっと距離を取った。

「……それは小説の中の話ではないの……？」

思い切り引いていた。が、興奮しすぎてそれどころではなかった。

「アンソニーが使っている便せんはどれですか!?」

「ついでにペンとインクもどうだね。アンソニー愛用の一品だ」

「買わせていただきます！」

「……だからそれは小説の中の話では……」

しっかり一式買い込んでほくほくのカレンを見てグレースは溜息をつく。

「グレース様は、なにかほしいものはないんですか？」

これで姉と義兄に手紙を書いたらさぞびっくりするだろう、なんて妄想しながらカレンは上機嫌に尋ねた。グレースは少し考えてから歩きだした。

「少し付き合いなさい」

「はい。……は！　ご覧ください！」

カレンが叫ぶとグレースがビクビクと辺りを見回した。

「つ、次はなに？」

「お城、きれいですね」

花蔦《つた》をまとう王城は堅牢《けんろう》でありながら可憐《かれん》で、色とりどりの花に飾られた王都の中でもひときわ目立っていた。活気に満ちた町に飛び交う声。豊かな生活がここにある。

「そうね」

うなずいたグレースは、果物《くだもの》屋を何軒かまわって裏道に入り、そのうちの一軒で店員と交渉をはじめた。どうやら乾燥した果物を探していたらしい。

「ザガリガの実は、子どもには毒ですよ」

話しかけてきたのは店の奥から出てきた中年の店主だった。

(毒？　でも、グレース様は一日三回食べてなかった？)

「ど、毒って……」

「肌の調子を整えたり、月のものを軽くしたり、女性らしい体型を維持したいっていう女性が大金を出して買い求めるものなんです。好んで食べていた女の子が五歳で初潮を迎えたって噂で、子どもは控えるよう指導されているんです」

「お……男の子は？　食べたらどうなりますか？」

カレンが恐る恐る問うと、店主の表情が曇《くも》った。声がいっそうひそめられる、

「それが……正常に育たず問題になったそうです」

胸の奥で心臓が跳ねた。

「妊娠中や授乳中も控えるようお達しがあって……だから、子どもが食べるべきじゃないと、そう思うんです」

「安心してください」

唐突に割り込んできた声に、カレンはびくりと横を見た。金貨を手にしたグレースが、かつてないほどいい笑顔で立っていた。

「母に頼まれて買いに来ただけなので。〝子ども〟がこんなお金を持っているはずありません。譲っていただけないなら他の店に……」

「い……いえ、そういうことでしたらお売りいたします」

上客が逃げては困ると判断したのだろう。店主はザガリガの実を袋に入れてカレンに渡し、グレースから料金を受け取った。

「行きましょう、カレン」

「は、はい！」

グレースにうながされてカレンは店の外に出る。遠くから響いてくる喧噪《けんそう》がやけに耳についた。空気が喉《のど》に絡み呼吸が荒くなっていく。

「グ、グレース様」

「──お嬢様と呼びなさい」

袋をぎゅっと胸に抱いてからカレンは言葉を続けた。

「これが危険なものだってご存じだったんですか？　それとも、誰かに食べるよう強要されたんですか？　この、果実は──」

グレースは無言でカレンを見た。

（知ってるんだ。全部承知で、自分から食べてるんだ。それが、グレース様の〝覚悟〟なんだ）

カレンはこくりとつばを飲み込む。

弱さを隠して王妃を演じ続けるグレースを目の当たりにし、守ってやろうと考えた。まるで自分が彼女よりずっと強い気になって、傲慢《ごうまん》にもそう思った。

（だけど、私は？　私の覚悟は？）

思いつきで決心したにすぎないのだ。それに気づいて愕然《がくぜん》と立ち尽くしたとき、ふっと目の前が暗くなった。

間近に男が三人いた。長髪を雑にまとめて服を着崩した男と、不摂生を問い詰めたくなる太った禿頭《とくとう》の男、さらに、真っ黒になるほど長い手足に入れ墨を入れた吊り目の男──彼らは粘つく笑みでグレースを見ていた。田舎くさい服を着ていても彼女の美しさは健在で、それが彼らの興味をひいたのだろう。

「こんなところでなにしてるの？」

下心が透けて見える猫なで声で話しかけてくる。

（こ、こういうときには、美男子が颯爽《さっそう》と助けに来てくれるのが鉄板……!!）

そう。小説の中では主人公が窮地におちいると、格好よく現れて助けてくれる異性がいる。

序盤に用意された、二人が出会う大事な場面。

けれど、近くには誰もいない。劇的な救出劇など起こりようがない。

カレンは慌ててグレースを背後に庇《かば》った。

「ち、近づかないでください。この方は、あ、あ、あなたたちが声をかけていいような人じゃありません。こ、高貴な方なんですから！」

「高貴って！　じゃあなんでそんな高貴な方がこんなところにいるんだよ！」

太った男がゲラゲラと笑う。息が酒臭い。どうやら三人ともかなり酔っているらしい。

「お嬢ちゃん、声が震えてるぜ。用があるのはそっちのかわいい子だけだ。君はちょっと目をつぶってくれればいいんだ」

「おいで、いいことしようよ」

押しのけられたカレンはよろめいてその場に座り込んでしまった。長髪がグレースの腕をぞんざいにつかむのを見て慌てて立ち上がる。

「グレ……お嬢様を放しなさい！　いい加減にしないと人を呼ぶわよ!?」

「おー、怖《こわ》。人を呼ばれちゃうってよ。どうする？」

　長髪が仲間たちに声をかけて笑う。

「だ、誰か！　助けてください！　誰か……!!」

　カレンはありったけの声で叫んだ。だが、駆けつける人影はない。まるでこの一角だけ人がいないかのように静まり返っている。

「大通りがうるさくってさ、こっちの声って案外と聞こえないんだよな。おまけにここら辺のやつらは自分のこと以外、興味がない」

「ってことで、行こうかお嬢様」

　太った男と吊り目の男が喜々として声を弾ませる。

「やめて！　お嬢様はすごく偉い人なのよ!?　高貴なの！　あんたたちが触っていいような人じゃないんだから！」

　訴えながらつかみかかる。刹那《せつな》、頬に熱が炸裂《さくれつ》し、目の奥に火花が散った。建物にぶつかったカレンは、茫然《ぼうぜん》と頬を押さえた。

「カレン……!!」

　グレースが真っ青になって男の手を振り払おうともがいた。だが、華奢《きゃしゃ》な彼女では到底振り払えるものではない。

「だからさあ、高貴な人がなんでこんなところにいるんだよ？」

カレンを殴った吊り目の男が冷ややかに問いかけてきた。空気が陰惨になる。服のあいだから短剣の柄《つか》が見えた。

「お前、侍女だろ？　侍女なら普通止めるだろ？」

「馬鹿《ばか》、失礼なこと言ってやるなよ。どう見たってこいつは下女《げじょ》だ。貴人の侍女は貴族の娘だぜ？　こんな見るからに田舎くさい小娘なわけないだろ」

長髪が鼻であしらうと、吊り目が肩をすくめた。

「ああ、悪い悪い。ちょっと見栄が張りたかったのか。貴族の娘ならもっと威厳があるよな。ウゼーくらいに〝お貴族様〟なんだよな」

「つーわけで、あんたの嘘なんてバレバレなんだよ」

「う……嘘なんかじゃ……」

カレンは青ざめた。

（私のせいでグレース様がこんな目に遭ってるの？　私がしっかりしてなかったから……）

常識のある侍女ならグレースがこんな場所に足を踏み入れないように止め、威厳があれば不《ふ》逞《てい》の輩《やから》に絡まれることもなかったのだろうか。

（全部、私が不甲斐《ふがい》ないせい？）

覚悟もなく、知識もなく、王都に来たことだけで浮かれていた。ジョン・スミスの本が手に入るというその一点のみで軽率な行動を取っていた。

「痛いわ。放しなさい！」

グレースの声にカレンははっとわれに返った。

「やめて！　乱暴なことしないで！」

カレンは男たちに取りすがる。だが、今度は無造作に腹を蹴《け》られてその場にうずくまった。

「ん？　なんだ、いいもの持ってるじゃねえか」

吊り目がかがんでカレンに手を伸ばす。直後、鋭い熱にうめいた。

吊り目の手には父の形見である首飾りが握られていた。ちぎれた鎖が視界のはしで揺れる。

「返して。それは父の形見なの！」

叫んだとき、民家のドアが開くのが見えた。とっさに「助けて」と呼びかけるも、生気の失《う》せた眼差しをカレンに向けた中年の女は、無言のままドアを閉じた。

誰も助けてくれない。

連れ去られるグレースを見て、カレンはよろよろと立ち上がる。誰か、と、呼びかけようとして腹部を襲う鈍い痛みにうめいた。

「グ、レ……さ、ま」

一歩踏み出したとき、どこからか「こっちです」と男の声がした。かすむ視界に人影が映る。

誰かが駆け寄ってくると、抵抗するグレースを引きずっていた男たちが慌てて逃げていった。

「大丈夫ですか」

目の前に来てようやくわかった。深碧《しんぺき》の詰め襟《えり》、黒いベルトに固定された短銃、漆黒のブーツ――衛兵だ。一人はカレンの怪我の状態を確認し、もう一人が男たちを追った。

（た……助かった……っ）

こわばっていた全身から力が抜ける。気がゆるんだら涙があふれてきた。

「女性がこんなところに来てはいけません。通報がなかったらどうなっていたことか」

咎《とが》める衛兵に、カレンはただただ泣きじゃくることしかできなかった。


首飾りが奪われたことをカレンは衛兵に伝えなかった。

父の形見だと、カレンはそう言った。本当ならどうあっても取り戻したいものだろう。けれど、そのためには衛兵に被害届を出さなければならない。お忍びで出かけているグレースの身分を隠すため、カレンは父の形見を取り戻すことをあきらめたのだ。

便せんもインクの瓶が割れてだめになってしまった。グレースはもう一度文具屋に行くことを提案した。けれどカレンは首を横にふった。

大好きな小説に出てくるもの――グレースには理解できないが、手に入れて喜んでいたのに、もう必要ないと言う。

「傷が痛むの？」

不安を覚えてグレースが問うと、カレンは作り笑いを浮かべた。

「大丈夫です」

返ってくる言葉の短さが、彼女がいかにショックを受けているかを表しているようだった。

買い物に行きたいと言い出したのはグレースだ。護衛を連れていくわけにはいかず、馬車の中から王都の明るい部分だけを見て勝手に大丈夫だと判断して歩いたのもグレースだ。

だから、彼女を傷つけたのは、グレースなのだ。

「喉が渇いたわ。付き合いなさい」

グレースは戸惑うカレンを引き連れてしばらく大通りを歩き、一軒の店の前で足を止めた。

名前を確認し、店内に入る。

「いらっしゃいませ。お好きな席にどうぞ」

店員が声をかけてくる。グレースは店の奥、目立たない席に座る。立ち尽くすカレンに座るよう告げると、彼女はおずおずと着席した。なんに対しても目を輝かせていた娘とは思えないほど縮こまっている。

「好きなものを頼んでいいわよ」

「いえ、私は……」

カレンはメニューボードを見ようともしない。グレースは小さく息をつき、木苺ケーキを二つと紅茶を二つ頼んだ。

店内は甘いにおいに満ちていた。席に着く娘たちは運ばれるケーキに歓声をあげ、笑みを浮かべる。辛気くさく押し黙るのはグレースたちのテーブルだけだろう。

「申し訳ありませんでした。全部、私の責任です」

ぽつりと声が聞こえ、グレースは視線を戻す。カレンはテーブルを見つめたままだった。

「――お前に責任などないわ」

グレースが言い放つと、カレンはひどく傷ついた顔で唇を噛んだ。なぜそんな表情をするのかわからない。だからグレースは次の言葉を見つけられず押し黙ることになる。しばらくしたらケーキが運ばれてきた。

「ここのお菓子はおいしいのよ。焼き菓子をヒューゴ様が買ってくださったことがあるの」

ザガリガの実がほしいと頼んだときだ。〝グレース〟になってから食べはじめた乾燥果実である。それがどんなものであるか知ったうえで入手してくれた彼は、「有名な店の焼き菓子だ。うまいらしいぞ」と言葉を添えてザガリガの実とともにグレースに渡した。

このままザガリガの実を食べ続ければ、いずれ〝男〟としての機能はなくなる。女でもなく男でもない自分がどれほど中途半端な生き物なのか、考えるだけで得体の知れない恐怖に呼吸さえできなくなる。

それでも、後戻りはできない。

〝グレース〟になる前の〝彼〟にはなんの価値もなかった。父を早くに亡くし、病弱だった母と兄との三人暮らし。薬代を稼ぐために働き続けた兄は過労で倒れ、そのまま帰らぬ人となった。残されたのは母と、働くこともできない幼い彼だけ。

絶望なんて言葉では足りなかった。このままでは母を失い独《ひと》りぼっちになってしまう。孤独に怯《おび》えた彼は、どうにか金を作ろうと雇ってくれる店を探した。

そのとき声をかけてきたのが王女の使者だった。

彼は未来と引き換えに母を守る術《すべ》を手に入れたのだ。

母は息子の決断に涙した。だが、拒否する道などなかった。王女の命が消える事実を知らされた彼らには、したがうか死ぬか、その二つの道しか用意されていなかった。

母は宮廷医の診察を受けることになった。だがもうその頃には骨も臓器もボロボロで、治療の甲斐《かい》なく息を引き取った。やがて王女も他界し、〝グレース〟として生きることになった彼には民を守るという重い任だけが残された。

皮肉にも、それが失意の〝グレース〟を生かす理由になった。

民を守ること。〝グレース〟を生かし続けること。交わした約束を違《たが》えぬよう、彼はおのれのすべてを差し出して生き残ることを誓った。

そんな〝グレース〟を見てヒューゴは愚かだと笑った。痛ましそうに、笑った。

そして共犯者になってくれたのだ。

ヒューゴが守るのはラ・フォーラス王国の民だ。それは、共犯者であるグレースが守るべき者たちでもある。

「カレン」

呼びかけたら思いがけずまっすぐに見つめ返された。

「この店、ご存じですか？」

ヒューゴが有名だと言っただけで、それ以上は知らない。戸惑いながら首を横にふると、カレンがゆるく微笑んだ。

「アンソニーが待ちぼうけを食らった店です」

有名というのはそういう意味だったのかと納得した。店内を見渡すとほとんどの客が木苺ケーキを注文しているから、きっとそれも小説の中に出てきたのだろう。

つまり彼女たちにとって、そして、カレンにとっての〝聖地〟だ。

けれどカレンの表情は沈んだままだった。

第四章　宰相閣下が怪しい動きをしているようですよ！

1

「カレン・アンダーソンが、マナー教室に？」

「ええ。ランスロー伯爵夫人も驚くほどの集中力だそうです。もともと勘もよく、呑《の》み込みも早く、上達も早いとかで、夫人も感心していました。個別でも指導をしていると」

ランスロー伯爵夫人の指導は丁寧だが容赦がなく、脱落者も珍しくない。カレンも早々に逃げ出すと思っていた。その考えはレオネルにもあったらしく首をひねっている。

「どんな心境の変化でしょうね」

「さあな」

ヒューゴはそっけなく答えた。だが、察しはついていた。あの一件——薄暗い路地裏で三人の男に襲われていたカレンとグレースの姿が脳裏に浮かぶ。安易に助けに向かうわけにもいかず人を呼んだが、あのできごとがカレンになんらかの変化をもたらしたのだろう。

ヒューゴは紙袋をレオネルに渡した。

「なんですか、これは」

「――グレースのところに持っていこうかと思って」

「……また町に行かれたのですか？」

いつの間に、と、レオネルの顔色が悪くなる。きっと、レオネルが認識する以上にヒューゴは町に出ている。

「仕事はちゃんとやってるぞ」

「そういう問題ではありません」

「誰《だれ》にも気づかれてない」

「そういう問題でもありません」

「小用があったんだ」

ヒューゴの言葉にレオネルの顔色がますます悪くなる。

「例の酒ですか？　気になるのはわかりますが、あなたが動くべき案件ではありません」

「あれは俺《おれ》がやる。人を使って情報が漏れるのは避けたい」

きっぱり告げるとレオネルが目を閉じた。

おかしな酒が市中に出回りはじめたのはここ半年――出どころのわからない酒には数種類の薬物が混ぜられており、依存性がある極めて粗悪な代物だった。安価で闇《やみ》市場に出回っていた酒は、今や兵士の中にも愛飲者がいる有様。報告を受けて偵察させるも現場を押さえる段階でことごとく煙《けむ》に巻かれ、内通者の存在を疑わざるを得なくなった。

戦場に出れば先陣を切るため〝軍神〟と称されるほど剛の男であるヒューゴは、戦略は軍師の指示を仰ぎ、内務は宰相に頼るタイプだ。レオネルに言わせれば〝考えすぎる〟のが原因で失策も珍しくないので、陰でなんと称されようと適材適所《てきざいてきしょ》、国が平穏ならそれでよいと割り切って、使える人材は有効に使ってきた。

けれど密造酒に関しては失敗続きで、痺《しび》れを切らしたヒューゴが直接動くようになった。

むろん、昨日の事件は完全に想定外だったのだが。

ヒューゴは黒檀《こくたん》の机の引き出しを開け、首飾りを取り出した。

衛兵が見失った三人を、ヒューゴは酒場であっさりと見つけた。軽く締め上げてみたが、残念ながらたいした話は聞けなかった。密造酒の情報の代わりに手に入れたのは、三人がカレンから奪った首飾りだった。

「おおもとまでたどり着くのは難儀だな」

「そ……それを、どこで手に入れましたか!?」

レオネルが首飾りを見て目を剥《む》いた。

「――見覚えがあるか?」

「当然です!」

だろうな、と、ヒューゴはうなずく。宰相であるレオネルが知らないはずはない。

「では、持ち主に関する情報を集めてくれ」

鎖の切れた首飾りを渡すとレオネルは唇をわななかせた。慌てて裏を確認し、ぐっと握りしめる。なにか言いたげな視線をヒューゴに向けた彼は、震える息を吐き出してから静かに目を伏せた。

「かしこまりました」

下がるようレオネルに命じたあと、深く椅子《いす》に体を預けて溜息《ためいき》をつく。

「皮肉と言うべきか、幸運と言うべきか」

思わず口にして苦く笑い、ヒューゴは再び手元の書類へと視線を落とす。治水工事の遅れ、それにともなう南部地方の疫病《えきびょう》の流行、海賊討伐の失策に北部の干ばつと、次から次へと厄介事が増えていく。これに加えて密造酒があるのだから頭が痛い。帝国が懲《こ》りもせず国境を越えたとの報告もあった。

「そういえば税収の見直し案も出ていたな。御前会議の議題はなんだったか？」

ごそごそと書類をあさる。そうこうしているうちに日付が変わり、固まった体を伸ばしたヒューゴは喉《のど》の渇きを覚えて席を立った。酒類なら奥の仮眠室にあるが、開封するとついつい一本飲みきってしまうので茶でももらおうと厨房《ちゅうぼう》に向かう。本来、貴人のいる部屋には近衛《このえ》兵が控えているのだが、そうした者が近くにいるのを好まないヒューゴは、王太子であった頃《ころ》から護衛をつける代わりに剣技を磨いた。しかし、こういうときには控えさせておくんだったと少しだけ後悔する。

厨房を覗《のぞ》くと煌々《こうこう》と明るかった。人がいる。こんな時間なのに珍しいと思う反面、助かったとも思った。

「なにか飲み物を……」

ヒューゴは口をつぐんだ。厨房の片隅にあった人影が、切り藁《たわし》で鍋《なべ》を黙々と磨いていたのだ。終わるなり山と積まれた鍋をつかんでまた磨く。

「……驚いた」

厨房が全体的に明るく見えるほど掃除の手が行き届いている。なにより驚いたのは、鍋を磨く娘の所作だ。無心に鍋を磨いているだけなのに、指先一つ、瞬き一つに神経を尖《とが》らせているのが伝わってきた。額に浮いた汗をそっとぬぐう仕草まで洗練されて見える。

一日半で会得したもの――気を抜くとボロが出るようだが、それでもカレンの努力が確かに形になっていた。感心して見ていると、ふいに彼女の動きが止まる。なにごとかと首をかしげたヒューゴは、切り藁を握る華奢《きゃしゃ》な手にパタパタと滴《しずく》が落ちていくのを見て息を呑んだ。汗ではない。涙だ。彼女は床に座り込み、両手で顔をおおい、体を小さく丸め、必死で声を殺して泣いていた。

安易に考えすぎていた。

カレンは十六歳だ。その歳《とし》なら親元を離れて働く者も少なくない。慣れない環境で苦労したり、人間関係に悩む者も多いだろう。けれど彼女はそんな事情とはいささか異なり、王妃の秘密を知ったために無理やり家族と引き離され、愛する故郷とはまるで違う世界に放《ほう》り込まれた。知り合いもなく、頼れる相手もなく、〝王妃の侍女〟であるばかりに嫌がらせまで受け、あまつさえ父親の形見すら〝なくした〟のだ。

平気であるはずがない。

ジョン・スミスの本を受け取ったときの過度の興奮も、町で見かけたときの彼女の異様な明るさも、寂しさの反動だったのだ。

「――カレン」

厨房に入り、大股《おおまた》で近づく。彼女ははっとしたように顔を上げ、ヒューゴを認めるなり濡《ぬ》れた顔を服でぬぐって冷静な〝侍女〟の顔を作った。そうして、まるでなにもなかったかのように「どうされましたか？」と尋ねてくる。

「泣いている女を見過ごせる男がいるか」

なぜだか少し腹が立った。ヒューゴは膝《ひざ》をつくなりカレンを抱きしめた。カレンは全身をこわばらせたあとヒューゴの腕から逃《のが》れようと暴れたが、無視して背中をさすっていたらしばらくするとおとなしくなった。そのときにはもうボロボロと大粒の涙をこぼしていた。

嗚咽《おえつ》をこらえ、震える指が最後の抵抗をこころみてヒューゴの服をつかんだ。

「なんなんですか、あなたは。せ、せっかく、我慢してたのに……っ」

小さく聞こえてきた抗議の声は涙の色だった。

「私、図太いんです。いつも元気だし、打たれ強いし、めげないし、気遣いだってできるし、物覚えだって悪くないし、頑張り屋だし、体力だってあるし」

「よしよし、わかった」

「やる気だってあるし、前向きだし、それから、それから」

「わかってる。よく頑張ってる。だから今は我慢するな」

肯定するとぎゅっとしがみついてきた。往生際悪くまだなにか抗議しようとするので深く抱き込んだら、抵抗をあきらめたらしく素直に腕の中に収まった。「それでいい」とささやくと、カレンの耳が赤くなっていることに気づいた。これはマズいのでは、と、少しだけ理性が働いたものの、今さら放り出しては男が廃《すた》る。泣きやむまで待とうと背中をさすっていると、しばらくして「もう平気です」と聞こえてきた。

腕をゆるめ覗き込むと、カレンの顔が真っ赤だった。

視線に気づいたのだろう。カレンは再び腕の中にすっぽりと収まって、赤面する顔を隠してしまった。その仕草がなんとも愛らしくて思わず口がゆるんでしまう。

これは単なる傷の舐《な》め合いかもしれない。

ふと、そんなことを思う。思いながら口を開いた。

「子どもの頃、勉強ばかりさせられた。剣技だ、体術だ棒術だ、軍事学だ帝王学だ経済学だと、朝から晩どころか早朝から夜中まで勉強ばかりだった。なぜこんなに学ぶことが多いのか、同じ年頃の子どもは皆遊んでいるのにと文句を言ったら、宰相が――前の宰相、レオネルの兄だが、それがこう言ったんだ。あなたは〝持つ者〟なのであきらめてください、と。持つ者は持たざる者のために働く義務があるのだそうだ」

ちらりとカレンが視線を上げた。

「持ちたくて持ったわけではない。不公平だ。王位などお前にくれてやると返したら、資質の一つだから譲渡はできないと言い放った。だからあきらめてありがたく受け取れと。すべてを犠牲《ぎせい》にしてこの国に尽くす義務を手に入れた俺は、この国のすべてを自由にする権利をも手に入れたそうだ」

「いいえ」

もっともやり過ぎれば身を滅ぼす。だからうまく使えと、そうも言っていた。

「俺が命じれば、お前は村に帰ることが――」

「いいえ」

小さなくぐもった声が胸に直接響いてきた。

「いいえ。帰りません。頑張るって、決めたんです」

見上げてくる瞳《ひとみ》はきれいに澄んで、目を奪う。

「――そうか。では、俺はもうしばらく見守るとしよう」

「はい」

　恋人同士のように見つめ合って笑顔を交わし、その直後、同時にはっとわれに返った。再び赤面し、慌てて離れたカレンにヒューゴはきょとんとする。からっぽの腕の中と、恥じらう乙女《おとめ》。強引に抱き寄せたくなる衝動に戸惑いながら、不自然に咳《せき》払いまでしてしまった。

「食事の改善くらいは言っておくが」

「大丈夫です。ありがとうございます」

　カレンが微笑《ほほえ》む。泣いたと思ったらもう笑っている――どうやら強がりではないらしい。頼もしさに苦笑したヒューゴは、掃除を再開するカレンを見て飲み物を取りに来たことを思い出した。

「陛下はどうしてこちらに？」

　改めてカレンに尋ねられたが、軽く肩をすくめた。

「通りかかっただけだ。ほどほどにして休めよ」

「はい」

　ヒューゴはくしゃくしゃとカレンの頭を撫《な》でる。肩をすぼめながら嬉《うれ》しそうに微笑む彼女に胸の奥がじんわりとあたたかくなる。乱れた髪に指を絡め、そっと直してから見送られるまま厨房から出た。

「――まったく、どうかしているな」

　奇妙な胸の高鳴りにヒューゴは苦笑する。

珍しいものに興味を持っただけなのか、あるいは――。

「この歳になってトキメキなんて、乙女でもあるまいし」

廊下に出てつぶやいた彼は、そそくさと去っていく人影にわれに返った。簡素なシャツに灰色のベスト、濃紺のズボンといたって質素な服装だが、広い肩にがっしりとした体格にピンときた。総料理長のトビー・マックレーンだ。

「トビー・マックレーン！」

呼び止めると総料理長が足を止め、恐る恐る振り返った。

「なにも見ておりません！」

――どうやら見られていたらしい。そして勘違いをしているらしい。ものすごくおどおどと様子をうかがわれ、ヒューゴは思案顔になった。否定をしても怪しさが倍増するだけで徒労に終わるなら、もういっそこのまま下手《へた》なことは言わないほうがいいに違いない。

「今見たことは内密に」

「も、もちろんでございます」

食事もなんとかしてやりたいが、口出しすることはカレンから止められているので我慢した。

「用がないなら、厨房にはしばらく近づかないでやってくれ」

「かしこまりました」

総料理長は何度もうなずき、ヒューゴに道を譲る。

「さて、水でも飲んでもう一仕事といくか」

カレンもまだ頑張っている。それを思うと自然と気持ちが高揚していく。

ヒューゴは体をぐっと伸ばしながら執務室へと戻っていった。

2

王城にやってきた五日目の朝、粥《かゆ》が出た。

（牛乳粥？　ベーコン入り……⁉）

グレースが食事を終えてお茶を飲んでいるあいだ、カレンは自室に戻って使用人用の食器にかぶせてある銀の蓋《クローシュ》を取るなり驚愕《きょうがく》した。虫入りパンが原材料不足で普通のパンになり、それがクルミ入りになり、野菜や燻製《くんせい》を挟んだものに変わったと思ったら牛乳粥になった。

（ど、……どういう風の吹き回しなのかしら）

なにか変なものでも刻んであるのかと思わず行儀悪くスプーンでかき混ぜてみたが、ベーコンとタマネギ、こしょうらしきもの以外はおかしなものは入っていない。警戒しつつそっと口に運ぶと、優しい甘味とベーコンの塩味、こしょうの香りが体の中にすっと染み込んでいくようだった。

「……おいしい……」

　ほっと小さく息をつくと、張り詰めていた気がゆるんでぽろぽろと涙がこぼれた。慌てて涙をぬぐうが、次から次へとこぼれてきて止まらない。異変に気づいたのかベッドからのっそりと起き上がったトン・ブーがカレンを一瞥《いちべつ》し、「ふん」と鼻を鳴らした。情けないやつ、そう言われた気がして落ち込むと、ベッドを下りたトン・ブーがカレンの足下まで移動してうずくまり、再び惰眠を貪《むさぼ》りはじめた。

「……励ましてくれるの？」

　問いかけても反応はない。カレンはぐいぐいと涙をぬぐった。

「トン・ブーが優しい。昨日は陛下も優しか……っ……」

　ぼっと顔が熱くなった。抱きしめられて慰められて、見守ると、そう言ってくれた。カレンを信頼してくれた。それがすごく嬉しくて、尊くて、幸せで。

「う、わあああああ」

　パンパンと両手で頰《ほお》を叩《たた》き、気持ちを鎮めて背筋をただした。呼吸の乱れを、暴れる心臓を、懸命に誤魔化す。厨房でのできことを記憶の外に追いやって貴婦人になった気持ちで食事をとる。食器を片づけたあとグレースを礼拝に送り出したら、懲りもせず小箱を手に令嬢たちが押しかけてきた。それを丁寧に追い返し、ランスロー伯爵夫人を出迎える。

「わざわざ申し訳ありません」

　幾度も繰り返した動作をたどるように一礼すると、伯爵夫人はすっと目を細めた。

「グレース様のためにも当然のことですわ。では、昨日の復習からまいりましょうか」

「はい」

ふと思い出す。ジョン・スミスの本でも同じ場面があった。バーバラがアンソニーのために礼儀作法を学ぶのだ。彼にふさわしい淑女になるために社交界を目指す。華やかな世界とは裏腹な反復練習。

(指先まで集中し体重は体の中心に、立ち姿からあなどられないよう軽く胸を張って、手は重ねてお腹《なか》の前に。視線は伏せ気味、だけど下を見ない。動かず空気に溶け込んで、主《あるじ》の邪魔にならないよう控える。――習うことはバーバラと少し違うけれど)

自分以外の誰かを演じる感覚を、きっとバーバラも感じたに違いない。

カレンは神経を尖らせる。

「では、今日はコーディネートを学びましょう。経験は?」

「ございません」

「よろしい」

この〝よろしい〟は〝了解した〟という意味ではなく、カレンの受け答え、その発音とタイミングが正しいことを示す。

「最近、少し流行が変わったらしく……」

ここでドアが開き、ヒューゴが部屋に入ってきた。わずかに動揺を見せた伯爵夫人が、なにごともなかったかのごとく会釈したのを見てカレンも同じように会釈をした。

（あ、危うく叫ぶところだった……!!）

朝の礼拝の時間なのに、なぜここにいるのか。礼拝のあとは御前会議のはずだ。国王である彼がこんなところにいていいはずがない。おまけに記憶の外に追いやったはずの厨房のできごとが心の中心にまで入り込んで、心臓がバクバクと乱れはじめた。

「ランスロー伯爵夫人、すまないがなにか飲み物を淹《い》れてくれないか？」

「かしこまりました」

本来なら侍女であるカレンに頼むべきことだが、ヒューゴは伯爵夫人に声をかけた。伯爵夫人は顔色一つ変えず、見惚《みほ》れるほど優雅に部屋をあとにした。室内に残ったのはカレンとヒューゴの二人だけ――なぜ、と、カレンは赤面する顔を伏せがちにヒューゴの出方をうかがった。

一般的には身分が上の者が声をかけるまで待つのがマナーだ。だからカレンは待つしかない。けれども心臓が暴れすぎて息苦しい。ぎゅっと目を閉じたとき、ずかずかと近寄ってきたヒューゴが、いきなりカレンの首筋に触れた。

「なにをするんですか!?」

驚きのあまり声が出てしまった。

（ああ、しまった……!!　我慢しなきゃいけなかったのにっ）

昨日の夜は完全な不意打ちでおかしなことになってしまったけれど、礼儀は礼儀――守ってこその作法なのだ。それなのに、昨日に続き自制できなかった。

（ランスロー伯爵夫人、すみません！　私、まだまだ未熟者です……!!）

胸中で悲鳴をあげていると問いが聞こえてきた。

「この怪我《けが》は？」

だいぶ薄くなっていたし昨日は暗くて気づかなかったのだろう。ヒューゴが尋ねてきたのは首飾りを奪われたときについた傷だった。

「不注意で負った傷です。心配には及びません」

「……そうか」

なにか言いたそうに眉《まゆ》をひそめたヒューゴは、テーブルの上に視線を投げて首をひねった。

「礼儀作法の本？」

「ランスロー伯爵夫人が借りてきてくださったのです。勉強になるので読むようにと」

ヒューゴはカレンから離れ、本を手に取る。

「基礎ではなく応用か。本が読めるというのは強みだな。誰から習った？」

おかしな質問にカレンは目を瞬き、慌てて表情を引き締めた。いちいち驚くのは品位を下げる。感情をそぎ落として仕えるのが上級使用人である、というのがランスロー伯爵夫人の持論だ。

(私と令嬢たちがやり合ってるのを見て、伯爵夫人はどっちにも失望したんだろうな)

学ぶ意欲があるだけカレンのほうがマシ、という判断にいたったに違いない。

「読み書きは、父から習いました」

「父親は他界しているそうだな？　どんな男だった？」

「……お、……大きくて、強くて、力持ちでした」

いちいち昨日のことを思い出してしまうのもあるが、質問が意外すぎてまともな受け答えができない。

「もう少し具体的に」

案の定、ヒューゴからもそう言われてしまった。

(田舎者《いなか》の、しかも女の私が難しい本を読めるのが珍しくて質問してるのよね？　確かに、タナン村で本が読めるのは本屋のマジョリーさんと村長さん、あとは数人くらいだったけど)

「父のデニスは、いろんな町を転々と放浪し、叙景詩《じょけいし》に出てくるガ・ルーシャ山脈に憧《あこが》れてタナン村に移り住んだ旅人だったと聞いています」

「奥方は？」

「旅の途中で他界したそうです。幼い姉と乳飲《ちの》み子の私を連れて村に訪れた父を不憫《ふびん》に思い、村長さんが宿所の経営を任せてくださったと……」

思い出す。子育てが不得手《ふえて》だった父を見かねて、村中の人たちが姉とカレンを育てるために手を貸してくれたのだ。だから幼なじみとは兄妹みたいに接していたし、誰もがカレンを自分の娘のようにかわいがってくれた。

カレンがグレースの侍女になることをみんなが手放しで喜んでくれたのは、彼らがカレンのことを家族だと思ってくれていたからに他《ほか》ならないのだ。実感すると、胸の奥がじんわりとあたたかくなった。

（――仕事のときはシビアだったけど、あれも〝家族〟だったからかしら）

苦笑いが漏れそうになって、カレンは慌てて口元を引き結んだ。

「父は、自称〝凄腕《すごうで》の剣士〟だったんです」

「自称？」

「昔、肩に怪我を負い、腕が上がらなくなって廃業したと言っておりました。皆は与太話だと聞き流していましたが……体中に古傷があったので、本当に剣士だったのかもしれません」

「……デニス、か」

「陛下？」

思案げなつぶやきに、カレンは思わず問い返してしまった。

「他に外見的な特徴は？　年齢はいくつだ？　亡くなった理由は？」

（ど……どうしてそんなに気になるの？）

戸惑いながら父の容姿と、四年前、五十四歳で他界したことを告げた。キノコの調理に失敗したのが原因だと伝えたときには憐憫《れんびん》の眼差《まなざ》しを向けられてしまったけれど。

（大好きな巻き毛牛をお腹いっぱい食べたあとで息を引き取ったから、村中で「こんな満足そうな顔で死んだやつは見たことがない」って大往生認定されたし、今じゃデニスみたいに死にたいっていうくらい伝説級で……っ）

『子どもがいる生活も、いいもんだな』

娘二人が裁縫をする姿を酒の肴《さかな》に、父はしみじみと口にしたことがある。不器用で、異性にとんと縁のない彼がどうやって母と知り合い家族を持ったのかいまだに不明だが――。

「父は、私と姉を、とても愛してくれていました」

「そうか」

うなずいたヒューゴは小さく「別人か」とつぶやいた。

（別人？　誰と？）

尋ねたいが、目上の者の許可なく口を開くことは作法として禁じられている。本を閉じて息をつくヒューゴを疑問とともに見つめていると目が合ってしまった。

カレンは慌てて目を伏せる。

ヒューゴが口を開く。今度はどんな質問が来るのかと警戒したカレンは、じっと見つめられてたじろいだ。次いで、顔を覗き込まれる。

（な、なに⁉　昨日といい今日といい、いったいどうしたの――⁉）

以前なら叫んで飛びのいていたところをすんでのところでこらえた。そのまま硬直していると、ヒューゴの手が伸びてきてカレンの顎《あご》をぐいっと持ち上げた。

至近距離から見つめられる。

（きゃあああああ!!）

「――また泣いていたのか？　目が少し赤い」

思いがけない指摘にカレンは息を詰めた。昨日は厨房で泣いているところをなだめられ、今日はバレないと思っていたのに気づかれてしまった。もしかしたらランスロー伯爵夫人は見て見ぬふりをしてくれていたのかもしれない。

ヒューゴの表情が険しくなった。

「原因はなんだ？　誰にやられた？」

（もしかして怒ってくれてるの？　私のために？）

カレンは目を瞬いて、羞恥《しゅうち》にそっと視線を落とした。事情が事情だけに説明しづらい。けれど言わないと解放されそうにない。

「こ、これは、あの……ご、……ごはんが、おいしくて……」

おいしいごはんに気がゆるんで泣くなんて、昨日から涙腺《るいせん》がゆるいにもほどがある。恥じ入ってうつむくと、ヒューゴはぽかんと口を開けた。

「ですから、誰かがなにかをしたわけではありません」

「……うまかったか」

もごもごと口の中でつぶやいたヒューゴは、かすかに顔を赤らめた。

「すまない。先走りすぎた」

「い、いいえ」

そそくさと離れて咳払いまでするヒューゴに、カレンはきょとんとした。どうやら彼は早とちりを恥じていいるらしい。そして、こっそりと猛省しているらしい。

（へ、陛下って、意外とかわいい……!?）

あまりの反応に相手が年上の男性だということも忘れてどぎまぎする。しかし、それ以上にどぎまぎする事態が待っていた。いつの間にかドアが開いていて、いつの間にかグレースが部屋の中に入ってきていたのだ。しかも、グレースの後ろにはティーセットを持ったランスロー伯爵夫人がいたのである。

つかつかと近づいてきたグレースは、カレンの前に立つとキッとヒューゴを睨《にら》んだ。

「カレンは私の侍女です。興味本位《きょうみほんい》で手を出すのはおやめください」

「ご……」

誤解です、と、カレンは叫びたかった。ヒューゴは弱っているカレンに同情しているのだ。手を出すなんて色っぽい話ではない。しかし、カレンは下級侍女である。基本、主人の所有物であり置物と同じ扱いだ。主人に意見するのも気を使わなければならない立場なのだと、伯爵夫人からきつく言われている。

（礼節難しい。作法、作法……!!）

カレンがきゅっと口を引き結ぶと、ヒューゴは肩をすくめた。

「どうやらグレースにとって、カレンも守る対象のようだな」

――守る、対象。

反射的に声が出た。否、と、そう否定していた。

「守られるのはいやです。私は、グレース様に頼っていただける侍女になります」

言ってからはっとわれに返った。一生懸命侍女として振る舞っていたのに、ついつい素が出てしまった。

「も、申し訳ありません。出過ぎた真似《まね》を……」

カレンはダラダラと冷や汗をかいた。伯爵夫人の視線が痛い。せっかく時間を割いて指導してくれているのに、なんてできの悪い生徒かと呆《あき》れさせてしまったかもしれない。

「カレン・アンダーソンにはまだまだ勉強が必要ですわね」

「はい」

「生意気だわ」

グレースが不機嫌顔になった。だが、目元がわずかに赤い。

「そうか」

しゅんと項垂《うなだ》れるカレンの頭をヒューゴがぐりぐりと撫でる。あったかくて、大きな手。緊張でガチガチだった心の奥がふんわりと柔らかくなるのがわかる。

「御前会議の時間です」

心地よい手の感触にうっとりしていたカレンは、グレースの声にはっとわれに返った。そして、まるで庇《かば》うようにグレースに抱きしめられる。

宙に浮いた自分の手を驚きとともに見つめたヒューゴは、楽しげな笑みとともにグレースとカレンの頭を同時に撫でて離れていった。

「では、行ってくる」

不可解な人だ。すっかり乱れた髪のまま、カレンは閉じたドアを凝視する。

さらに不可解だったのは、ランスロー伯爵夫人の指導が、失態を取り戻すためと考えても過度と思えるほど力が入っていたことだったのだが。


午後、グレースが窓辺に置かれた長椅子で刺繍《ししゅう》を刺していると、忙しいはずのヒューゴがやってきた。

きょろきょろと室内を見回して首をひねる。

「カレンは？」

「トン・ブーの散歩に行っています。カレンになにか？」

「……いや。お前に用があってきた」

ヒューゴは首を横にふるとグレースに紙袋に入った焼き菓子を渡して椅子に腰かけた。どうやらしばらく居座る気らしい。

ヒューゴは身分にかかわらず能力を第一に評価する人間だ。腕さえよければ、王家に長年仕えてきた高名な細工師より王都の片隅に店を持つ鍛冶《かじ》屋を取り立てるし、宮廷医ですら経歴より技術を優先する。騎士はさすがに貴族出身で固められているが、兵士はその働きで相応の地位を与えてきた。努力を認め、技術をたたえる、そういう性分なのだ。貴族たちからの反発はレオネルが宰相として胃を痛めながらも丸く収め、そんな経緯があるからこそグレースも王妃として王城に迎えられることになった。

なにごとも真剣に取り組むカレンを気に入っても不思議はない。

けれど彼女はグレースが見つけたグレースの侍女だ。いくらヒューゴでも譲る気はない。

『私は、グレース様に頼っていただける侍女になります』

カレンの言葉を思い出し、グレースは刺繍に視線を落とす。あんなふうに言ってくれた人ははじめてだった。まっすぐで強くて、心地よい言葉。そんな言葉を裏付けるように、刺繍のことを尋ねるたびに役に立てて嬉しいと全身で訴えてきた。

カレンを見ていると、彼女の前なら気を張らなくていいのだと思えてくるのが不思議だった。

そろそろ戻ってくるだろうか。ドアを盗み見ていると、ヒューゴと目が合った。

「思い出し笑いか」

「……笑っていません。それよりも……カレンを、どうお思いですか？」

好ましい、と、答えると思っていた。こと好意に関しては率直で、同性でも異性でもいいものはいいのだと飾らぬ答えが返ってくると、そう思っていた。だからグレースは、ヒューゴがどんなに気に入ってもカレンを渡す気はないと告げるつもりで問いかけた。

それなのにヒューゴは予想外の反応をした。

考え込むように黙り込んでしまったのだ。

「……ヒューゴ様……？」

これは、もしや――グレースは妙な危機感を覚えて押し黙るヒューゴを凝視した。こんなに煮え切らない反応ははじめてだ。しかも、そのタイミングでカレンがトン・ブーの散歩から帰ってきてしまった。

ヒューゴを見て驚きつつも、カレンは丁寧に一礼した。そのまま見つめ合う二人に、グレースは咳払いした。

「服が乱れているようだけど」

「申し訳ありません。少し虫を探していました」

おかしな答えを口にしたカレンはソワソワと視線を彷徨《さまよ》わせた。朝、ヒューゴとカレンが妙に親しげにしていた。あれが原因に違いない。

おやつと水を要求するトン・ブーとともに使用人控え室に向かったカレンが戻ってくると、ヒューゴがさっそく話しかけた。

「トン・ブーがずいぶん懐いたな。グレース以外の人間は敵という認識なのだと思っていたんだが」

皆の行動に問題があるから対抗するだけで、トン・ブー自身は敵味方を区別してはいないはずだ。だが、ヒューゴの言う通り、最近のトン・ブーはカレンにべったりだった。

なんだかそれも面白くない。

不満が頭をもたげ、グレースはもどかしくカレンを呼び寄せた。

「刺繍がわからないのだけれど」

「はい」

カレンがしずしずとやってくる。が、浮かれているのが歩きかたに出ている。座るよう指示するとグレースの隣に腰かけて熱心に針の刺し方を指導しはじめた。うなずきながらこっそりヒューゴの様子をうかがうと、しょっぱい顔で固まっていた。

「カレンは教えるのが上手《じょうず》ね」

「恐れ入ります」

にこにこ笑うカレンから視線をはずして自慢げにヒューゴを見る。すると、ゴホンと咳払いが返ってきた。

「カレン、お茶を淹れてもらいたいんだが」

「――ヒューゴ様、カレンは今、私に刺繍を教えることで手いっぱいです」

経験値の低いカレンは、グレースとヒューゴ、どちらの言葉にしたがっていいのか判断できずオロオロしはじめた。ヒューゴは溜息をついて部屋を出ていき――そして、十五分ほどして、ティーセットを手に戻ってきた。背後には総料理長が青くなってくっついてきていた。

「あら、ヒューゴ様がお茶を？」

「もちろんだ」

グレースが問うと、胸を張ったヒューゴが震える総料理長を無視してドアを閉めた。

案の定、不器用な彼が淹れたお茶はさんざんだった。


この頃、国王夫妻の様子がおかしい。なにかと絡まれている気がする。

自分がしっかりしていれば令嬢たちも抑え込めるのでは、そう考えてカレンは昨日、令嬢たちの強襲を躱《かわ》した。王妃の私室に戻るとヒューゴがいて、しかも、この世のものとは思えないほど苦いお茶を振る舞われた。

そのあと彼は執務のために部屋を出ていき、午後にまたやってきた。

昼食後はどうしても睡魔に襲われる。うとうとしていたらヒューゴに見つかって、休むようすすめられた。大丈夫だと返したが、ベッドに連行されて腕枕《まくら》すると言い出した。おまけにグレースがヒューゴに対抗してきてどちらが腕枕するかで揉《も》めだした。伯爵夫人が来てくれなかったら、右にヒューゴ、左にグレースという二重腕枕で寝かされるところだった。

（私、そんなに死にそうなほど眠そうだった!?　だめだわ、こんなことじゃ！）

ということで、今日は厨房の作業台の下で二時間ほど仮眠を取った。眠りが深かったおかげで頭がすっきりして気分も晴れやかだ。

「おはよう、カレン」

外が明るくなりはじめた頃、厨房の友ジャック・マーロンが現れた。

「おはようジャック、いい朝ね」

「うん、って、なにしてるの？」

「包丁を研《と》いでるの。さすが、王城の厨房ね。芸術と謳《うた》われた業物《わざもの》、アッカーマンの肉切り包丁があるなんて……砥石《といし》もすごいのよ。何種類も用意されてて、どんな刃物《はもの》にも対応できるの！　なんて贅沢《ぜいたく》！」

「包丁も研げるんだ。カレンはすごいね」

ジャックは素が出せる数少ない相手だ。ついつい言葉に熱がこもってしまう。そんなカレンに驚きとともに理解を示した彼は、こころよく片づけの手伝いまでしてくれた。

お湯をもらって厨房を出て、カレンはしずしずと廊下を歩く。

すれ違う兵士が足を止めた。

「お、いい女」

思いがけないつぶやきにカレンの足も止まりかける。

「グレース様の侍女じゃないか？」

「え？　あの田舎娘？　冗談だろ。あんな上品じゃなかったぞ」

誰かに認められると飛び上がってしまいそうなほど嬉しくなる。けれど、遠ざかる声に気づかないふりをして、カレンはしとやかに歩き続けた。

王妃の私室にたどり着くと、応接室にヒューゴが来ていた。

「また厨房か。休めと言っているだろう」

「おはようございます、陛下。きちんと休んでおります」

「厨房で二時間の仮眠など寝たうちに入らないぞ」

——バレていた。こっそり見られていたのかもしれない。

（私の睡眠時間を知ってるってことは、陛下だってそんなに休んでないって意味なんじゃ）

が、指摘は厳禁だ。

「以後、気をつけます」

「それから、俺の前ではそうかしこまらなくていい」

「そうはまいりません」

「なぜだ」

「な……なぜ、と……申されましても……」

返答に困る質問にカレンが戸惑っていると、グレースが寝室からひょこりと顔を出した。寝起きのせいかカツラがちょっとずれ、寝衣も乱れていた。

「カレンは私の侍女だと伝えたはずですが」

壁にくっついて不満を口にするグレースは、なんだかとてもかわいらしい生き物に見えた。

そのままの姿勢でちょいちょいカレンを呼ぶので近寄ると抱きしめられた。

（んな……!?）

カレンは硬直する。眉をひそめたヒューゴが空咳《からせき》をしたあと身を乗り出した。

「俺はこの国の王で一番偉いんだぞ。どうして仲間はずれにされるんだ」

ヒューゴが拗《す》ねている。グレースもおかしいが、ヒューゴもおかしい。

「ヒューゴ様にはレオネルを含め忠臣がたくさんいるでしょう。私にはカレンだけです。それより、そろそろ行かないと騎士たちの合同訓練の視察に間に合わなくなるのでは？」

ぐっとヒューゴが喉を鳴らした。なにか言いかけ、言葉を呑み込み、渋々と部屋を出ていく。

カレンはぽかんとドアを見つめた。

「ヒューゴ様には気をつけなさい。あの方が惚れっぽいのは〝志《こころざし》〟であって〝人〟そのものではないの。それなのにあの方は、今、お前にとても興味を持っているわ」

「……興味、ですか」

グレースは困惑するカレンを放した。

「構いたくて仕方がないという顔をしていたでしょう?」


興味というのはどういう意味だろう。ヒューゴはカレンに同情しただけなのに、グレースの目には違って見えるのだろうか。

厨房の友ジャック・マーロンはカレンがグレースの侍女であることを珍しがって話しかけてくれた。ランスロー伯爵夫人もカレンの立場を考え熱心にマナーの指導をしてくれている。

当然ヒューゴも、妻の専属使用人だからカレンを気にかけているはずだ。

(それにしては親切すぎる気がするんだけど……)

厨房では抱きしめられたし、グレースの私室では共寝をしようとしていた。悶々《もんもん》としながらカレンは今、グレースとともにダンスの指南を受けている。招待された舞踏会はすべて断っているが、ダンス自体は必須《ひっす》ということで、伯爵夫人に基礎を教えてもらっている最中だった。

「質問をよろしいでしょうか」

カレンが問うと、伯爵夫人は視線だけで先をうながしてきた。

「陛下がかしこまらなくてもいいとおっしゃってくださったんですが、どうするのが正しいのでしょうか？」

「許可があっても立場が違います」

鏡の前でグレースの姿勢をチェックしつつ伯爵夫人が答える。妥当すぎる言葉だ。気のせいか、グレースの表情がやや険しい。

「ですが、かたくなに拒み続けるのも失礼にあたります。不興を買わない程度に応じるのが技量です。侍女とは、ときによき理解者である必要があります」

思った以上に求められるハードルが高い。

「カレンは私のことだけ理解していればいいのよ」

グレースが唇を尖らせてプンスカと怒っている。

(怒る姿も愛らしいですね、グレース様……っ)

カレンとグレースを見比べた伯爵夫人がふっと口元をゆるめた。

「ずいぶんと気に入られているようですね」

「め、滅相もないことです」

カレンは混乱しつつ答えた。つつがなくダンス教室を終えたあとは宝石商と靴屋がやってきた。丁寧に招き入れるカレンを見て彼らはひどく驚いた顔をした。

「どこのご令嬢かと思いましたよ。登城して今日で六日目ですか。努力の賜物《たまもの》ですなあ」

手放しで宝石商が褒めてくれてカレンは控えめに礼を言い――そして。

「む……六日……六日と、今そうおっしゃいましたか!?」

近くにグレースがいることも忘れ宝石商に問い詰めていた。首飾りのデザイン案をテーブルに並べながら宝石商がきょとんと「六日ですね」とうなずく。

「ジョン・スミスの新刊！　五日間頑張ったらご褒美に新刊をくれるって、宰相さんが約束してくれたんです！　私のバーバラとアンソニー!!」

理性を吹っ飛ばして暑苦しく訴えると宝石商は目をぱちくりさせた。

「人気ですねえ、ジョン・スミス。うちの娘も大好きで、本が出るたびにコネで手に入れてこいって圧力かけてくるんですよ。そんなに好きなら予約しろと言ってるんですが。まあ、駆け込み予約が多すぎて結局手に入らないのがジョン・スミスなんですが……って、新刊はまだ発売されてないのでは？」

「去年の新刊です」

答えてからはっとした。

「まさか宰相さん、今になって本が惜しくなったんじゃ……!?　大変です、グレース様！　私ちょっと宰相さんから本を奪ってきます!!　バールさん、フィリップスさん、グレース様のことをよろしくお願いします！」

呆気《あっけ》にとられるグレースを残してドアを飛び出すと「お気をつけてー」と宝石商の声が聞こ

えてきた。驚く護衛に一礼し、カレンは駆け出す。

（宰相さんの執務室は――）

階段を上がり、廊下を突き進む。基本、この城でお仕着せの侍女は下っ端扱いで、雑務をこなす使用人よりは上という程度の立場にある。だから人が通るたびに足を止め、頭を下げて道を譲らなければならない。ここ数日でみっちり体に叩き込んだおかげか、理性が飛んだままでも自然と行動できていた。

しかし、ようやくたどり着いた宰相の執務室にレオネルの姿がない。

「すみません、宰相さんがどこにいるか知りませんか？　私、彼に大切なものを奪われてしまったんです！」

すでにカレンの中で、ジョン・スミスの新刊と冊子はカレンのものになっていた。今まで極度の自制生活を送ってきた反動で理性の箍《たが》がはずれ語調も鼻息も荒くなる。

「いや、知らないが」

貴族らしき男が戸惑いながら返してきた。

「ありがとうございました！　あ、そこのあなた!!　宰相さんの居場所を知りませんか！　私、彼に大切なものを奪われてしまったんです――!!」

今度は侍女に声をかける。否定されると次々と声をかけ、最後には「厩舎《きゅうしゃ》の近くにいた」との情報を入手し、狂喜して城を出て厩舎に向かった。レオネルは茶封筒を小脇《こわき》にかかえ、馬番が馬車の準備をするのを厩舎の横で待っていた。

(質素な馬車ってことは、私用で出かけるのかしら)

レオネルの服装が比較的地味だし、御者らしい格好なのに筋肉ムキムキで見るからに護衛という体格の男が一人だけ待機しているので、公務でないことは明確だ。

(あの紙袋、怪しい……ま、まさかあの中に私の本が……!?)

本の受け渡しである今日、こうしてこそこそ出かけるのは本の価値を正しく認識しているなによりの証拠《しょうこ》──カレンは確信するなりレオネルに駆け寄った。

「宰相さん!」

「!? あ……な、なんだ、カレンさんですか。どうかしましたか?」

ぎくりと肩を揺らしたあとの作り笑い。怪しさが加速する。

「──その紙袋はなんですか?」

カレンが指さすと、レオネルはさっと紙袋を背中に隠した。怪しさを通り越して真っ黒だ。

「渡してください! それは私のものです!!」

「カ、カレンさん!? なにか勘違いしてませんか!? これはただの書類で、あなたとはなんの関係もないものですよ!?」

じりっとレオネルが後ずさりする。冷や汗が額に浮いていた。なにごとかと近寄ろうとする護衛を目で制し、さらにじりじりとレオネルが逃げていく。

「だったら中身を見せてください！」

「い、いえ、これはお見せできません！」

五日間、全力で頑張った。グレースには誠心誠意《せいしんせいい》尽くし、マナー教室では立ち居振る舞いを徹底的に直し、寝る間を惜しんで厨房を掃除しまくり、毎日のようにやってくる令嬢たちを片っ端からいなし、トン・ブーの散歩で体力を削った。周りの人からの評価も、ここに来た頃より改善されているはずだ。

それなのに報酬がもらえないなんて。

「ひどい！　私を弄《もてあそ》んだんですか!?　あんな約束までしておいて!!」

ジョン・スミスに捧《ささ》げた五日間を無下《むげ》にされカレンは嘆いた。馬番がぽかんと口を開けていることにも、護衛が「え？　いつの間にそんな関係に？」と戸惑いの視線を向けてくるのにも、レオネルが真っ青になっていることにも気づかずに。

「お、落ち着いてください、カレンさん。あなたはなにか誤解をしてらっしゃる。冷静に話し合いましょう」

「不毛な話し合いで私の心の傷が癒《い》えると思ってるんですか!?　この裏切り者ー!!」

頭に血が上りすぎて自制も忘れ、感情のままにつかみかかる。と、さらに後ずさったレオネルの手から封筒が落ち、中身が地面に広がった。紙だ。タイプで打たれた大量の紙だ。そこにメモのような走り書きの紙が数枚、まぎれ込んでいた。

「それ……？」

本ではなかった。

レオネルが慌てて紙を集め、紙袋に入れる時間すら惜しむように馬車に向かった。

「出してください！」

カレンをその場に残し、馬車が走り去る。馬番が「身分違いの恋なんて、うまくいかないもんさ」と謎《なぞ》の慰めをしてくれたが、カレンの耳にはまったく届いていなかった。

(なに今の!?　なんなの今の紙束!?)

カレンは頭をかかえた。

「う、嘘《うそ》おおおお〜〜〜〜!!」

レオネルが持っていた紙袋の中には大量の紙が入っていて、一枚目の紙にはこう書かれていた。

『この愛の果て　バーバラとアンソニー（シリーズ第六巻）二稿　　　ジョン・スミス著』

それは、来月末に発売される最新刊の原稿だった。

そしてその日の夜、レオネルの使いだという男から、ジョン・スミスの本と冊子が、カレンのもとにひっそりと届けられたのだった。

深夜、上等な服から質素なシャツに着替え、装飾のない簡素な短剣をベルトに差してクローゼットの奥に隠してあるフードを引っぱり出した。そして、ドアの施錠を確認したあと窓を開け、ひょいと身を乗り出す。階下の屋根に飛び下り、テラスに移り、そこから地面に下りる。素早く壁に体を寄せて辺りを見回し、巡回兵をやり過ごして木々のあいだを移動して城壁に向かった。

城壁には正門以外にも通用口がいくつか用意されている。基本的にすべて施錠されているが、実は一つだけ枠ごと扉がはずれてしまう通用口があった。人がいないのを確認して通用口をくぐり、街道に出ると何気ないそぶりで人込みにまぎれた。通りは深夜でも賑《にぎ》やかで、仕事帰りの男たちが酒と料理を囲んで談笑している。

一見すると平和な光景だった。

「さて、どこから行くか」

思案していると道行く人々がチラチラと見てくることに気がついた。いつもと同じ労働者の格好だから目立つはずがないのに、今日はわざわざ振り返る者までいる。

「……なんだ……？」

フードをつまみ首をかしげ、そこで気づいた。人々の視線が自分ではなく自分の背後に向けられていることに。振り返って彼――ヒューゴはぎょっとする。背後にメイド服をまとった娘が、夜の賑わいに驚いてキョロキョロと見回しながらくっついてきていたのだ。

「カレン……!?」

思わず声が出てしまった。彼女はぱっと顔を上げ、ヒューゴと目が合うなりするすると後ずさり人混みに呑まれた。ヒューゴはよろめく。兵士ばかりを気にして、それ以外の存在に注意を払っていなかったらしい。渋面《じゅうめん》で引き返したヒューゴは、人のあいだに隠れ小さくなったカレンを見つけると手を引いて道の端に移動した。

「申し訳ありません、へい……」

ヒューゴは慌ててカレンの口を押さえた。こんな人目の多い場所で敬称で呼ばれたら大事《おおごと》になる。とっさに周りを確認し、誰も注目していないことを確認してほっと息をついた。

「お前と一緒にいると飽きないな」

「も、も、申し訳ありません、へ……」

いったん離した手で、もう一度彼女の口を塞《ふさ》いでずいっと顔を寄せる。

「敬称はよせ。見ての通り忍んで来ているんだから」

カレンは顔を赤らめコクコクとうなずいた。八歳で抜け道を見つけて十五年――今までにあの場所に気づいたのはレオネルの兄だけだった。それを、まさか。

「城に来て数日の娘が俺を尾行し、抜け道を抜けたのか……こんなに動揺させられたのは久しぶりだ」

乱れる鼓動がおかしくてヒューゴは笑い、フードを脱ぐとカレンの肩にかけた。

「着ていろ。その服は目立つ」

カレンはメイド服を凝視してはっと顔を上げた。

「こんなすごい縫製のお仕着せはなかなか見かけないですよね……!!」

感動に目をきらめかせて納得していた。ヒューゴはたまらず「ぶはっ」と吹き出した。だめだ。予想外の言葉が楽しくてついつい構いたくなってしまう。ヒューゴの頼みを聞き入れたらしく少しだけ砕けた反応をするのにも胸が躍る。

「な、なぜじっと見つめてくるんですか」

「――いや、なんでもない」

耳まで赤くなるカレンに気をよくしたヒューゴは、彼女を手招き歩き出した。

「ど、どうしてそんなに楽しそうなんですか？」

「どうしてだろうな。夜遊びは楽しいものだからかもしれない」

「悪い人ですね」

「今ごろ気づいたのか」

鼻を鳴らすとカレンも笑い出した。夜の賑わいは昼の喧噪《けんそう》とはまるで違い、雑多で、荒々しく、陽気で、少しなまめかしい。貴族の娘なら顔をしかめるだろう空気だが、カレンにとっては男たちのバカ騒ぎすらも新鮮で愉快なものであるらしく、頼もしいことに口元がほころびっぱなしだ。拍子はずれの歌声、酔っぱらい同士の喧嘩《けんか》、酒瓶を振り回して奇声を発する者、酔い潰《つぶ》れて店の看板を抱きしめて眠る者――騒がしい通りを抜け、馴染《なじ》みの店に足を踏み入れる。

「いらっしゃいませ……あら」

四十に手が届こうかという女店主が、ヒューゴとカレンを見て目をぱちくりさせた。通いはじめて十年もたつが同伴者がいたことはない。ましてやそれが異性となると下世話な好奇心が湧《わ》くのだろう。が、ヒューゴは女店主のニヤニヤ笑いを無視してカウンター席に腰かけた。

「いつもの」

金貨を差し出し注文すると、女店主は料金を受け取りながらグラスを用意した。店内を物珍しげに見回すカレンは、ヒューゴが手招いてやると素直に隣の席に腰を下ろした。さすがに少し不安になったのかくっついてくる。

「かわいい恋人を見せびらかしに来たの？　妬《や》けちゃうわね」

女店主がヒューゴをからかうと、カレンは赤くなって離れていった。よけいなことを言う女店主にちょっとムッとしながらも「悪いか」とだけ返してカレンを見る。

「なにを飲む？」

「お……お水を、お願いします」

おずおずと頼む仕草に視界がぐらりとかしいだ。そうか、自分はこういう性癖だったのかと頭の隅で納得し、咳払いする。なんとか理性を保っていると女店主と目が合ってしまった。もう一度咳払いすると女店主がニヤニヤ笑いを引っ込め、カレンに水を出してやった。

　ヒューゴが視線でうながすと、女店主はそっと口を開く。

「注文いただいたお酒の入荷はまだよ。商人も醸造所も見つからなくて……でも、西のほうで見かけたって噂《うわさ》を聞いたわ」

「そうか」

　数日前に訪れた別の酒場では南と聞いた。どうやら情報が意図的に錯綜《さくそう》しているらしい。グラスの酒をぐいっとあおると、カレンも同じように水を飲み干してヒューゴと同時に立ち上がった。主人に合わせるのが使用人とはいえ、不慣れな様子が微笑ましく、愛《め》でてしまいたくなって困る。

「また来る」

　店を出て次の店に移動する途中、カレンが酔っ払いに絡まれた。

「なんだ、男漁《あさ》りか？　遊んでやろうか？」

　カレンの倍は歳を取っていそうな酔っ払いが彼女の腕をつかもうと手を伸ばしてきた。少し先を歩いていたヒューゴは素早く戻り、二人のあいだに割って入った。

「俺の女だ。汚い手で触れるな」

　言い放つと男は舌打ちしてふらふらと去っていった。ヒューゴは息をつき、カレンの肩を抱き寄せた。

「へ……」

陛下、と、呼びたいのを我慢するカレンは、ヒューゴの手を振り払うどころか耳まで赤くしてうつむいてしまった。人目がなかったら衝動のまま抱きしめていただろう。そういった類《たぐい》のかわいらしい仕草だった。

そこから酒場をはしごしたが、これといって収穫らしい収穫は得られなかった。

「なにを訊《き》いて回っているんですか？」

「――機密情報」

密造酒にかかわる情報だが、詳細を語るのは危険と判断してそう答えると、カレンの目が輝きだした。

「ジョン・スミスの新刊で、ニコルが敵国の間者に騙《だま》される場面が出てきました！　酒場は、情報を集めるのに最適な場所だそうです！」

「ニコル」

「アンソニーの友人の友だちです！　健気《けなげ》かわいい影のヒロインです！　男だけど！」

ああ、小説の中の話か、と、ヒューゴは納得する。

「それは去年出た本じゃなかったか？」

「はい！　今日――あ、もう日付が変わったので昨日ですが、宰相さんから去年の新刊を特典の冊子とともにいただいて、ゆっくりじっくり大切に読もうと思ってたのにどんどんページをめくってて気づいたら読み終わって、興奮して眠れなくて、あの場面が今目の前に！」

頭に血がのぼってやや支離滅裂《しりめつれつ》だが、つまり本を読み終わって寝付けなかったカレンが気を鎮めようと散歩しているときにヒューゴを見つけて追尾、小説に出てくるような酒場でのやりとりに狂喜乱舞《きょうきらんぶ》ということらしい。

「覆面作家がずいぶんと人気だな」

「大好きです！　あ、でも、故郷では陛下のほうが人気でした。結婚されて、みんなその噂ばかりで、村でもお祝いの宴《うたげ》をしたんです。みんな、陛下のことが大好きです」

「……そうか」

いつも聞く派手に飾り立てた称賛の言葉ではなく、率直な好意の言葉だった。それがあまりにも心地よく胸をうずかせるから、自然と笑みがこぼれてしまった。

「お前も、俺が好きか？」

「もちろんで……で、で、で、す」

途中でわれに返ったらしくカレンが口ごもる。

「よし、言質《げんち》は取ったな」

「げ、言質ってなんですか!?」

「さてな」

「陛下――!?」

「とりあえず今日の情報収集はここまでにしておくか」

おろおろとついてくるカレンに気をよくしてヒューゴは手を差し出した。びくっと立ち止まるカレンに口角を引き上げる。

「はぐれるぞ」

これから再び人の多い大通りに行くことを示唆《しさ》すると、赤くなったカレンはヒューゴの顔をうかがい見てから差し出した手にそっと手を重ねてきた。

3

一年前に出た新刊は、厨房の掃除が一区切りついたため夜の貴重な時間を使って舐めるように読んだ。すれ違いを重ねる王道展開と出てくる場所と食べ物が記憶と一致し、興奮で何度雄叫《おたけ》びをあげそうになったかわからない。仲間が敵に利用され訪れる窮地《きゅうち》など、手に汗握る展開も多かった。冊子はサブキャラによる小話で余韻を楽しむにはぴったりだった。

そしてカレンは、覚めやらぬ興奮のまま部屋を出て、気持ちを鎮めてから眠ろうと少し歩き。

(きゃああああああ！　だって、まさか陛下が城から抜け出す場面に出くわすとは思わなかったんだもの！　宰相さんがジョン・スミスなのか訊こうと思っただけなのに！)

夜の街はすごかった。キラキラでギラギラで、読んだばかりの物語に迷い込んでしまったみたいに幻想的で、頼もしくエスコートしてくれるヒューゴもなんだか妙に甘くて、終始ドキドキしっぱなしで質問することすら忘れていた。

（あ、あれは世に言うデート……ち、違うわ！　陛下はなにか調べ物をしていて遊びで歩き回っていたんじゃないんだから！）

酒場の店主がヒューゴの正体を知っているかどうか微妙なところだが、応対を見る限り、ずいぶん長い付き合いのように思えた。けれど夜の街はカレンにとってははじめての場所である。酔っ払いはもちろんのこと、血の気の多い輩《やから》も道に大勢たむろしていた。

（そんなところで私一人を帰したら危険だって思って肩を抱き寄せたり手を繋《つな》いでくださっただけで……そ、それってやっぱりデートじゃないの!?）

しかも、ちっともいやじゃなかった。

（申し訳ありません、グレース様！　既婚者にときめいてしまいました……!!）

楽しそうに笑うヒューゴの隣にずっといたいだなんて、そんなことまで考えてしまった。

（しっかりするのよ、カレン！　陛下は親切なだけ！「俺の女」って言ったのも酔っ払いを追い払う常套句《じょうとうく》じゃない！　勘違いしてはだめよ！）

肩を抱く手も、繋いだ手も、あたたかくて力強くて、思い出しただけで胸が痛い。一日中彼のことを考えてしまいそうな自分に狼狽《うろた》えて、誤魔化すように少ない自由時間をやりくりしてレオネルを観察することにした。

レオネルは、熱烈な恋愛小説より学術書ほうが似合う。げっそりと痩《こ》けた頬、収集したデータでは二十代後半のはずなのに髪は真っ白で艶《つや》もなく、体は薄く、顔色も悪く死相さえ現われ、研究に生涯《しょうがい》を捧げる学者然《ぜん》としていた。

(本人に直接訊いてみる？　でも、五日間の勤労のご褒美にもらった本と冊子ですら第三者に届けさせたんだから……私に会いたくないいってことよね……？)

会いたくない人間に訊かれたくないことを質問されたら、カレンなら間違いなく答えない。レオネルだって適当に濁してしまうだろう。

だからレオネルの観察をはじめたのだが、「あ、この人の死因はきっと過労死ね」と、確信するほど彼の部屋にはひっきりなしに書類の束が届けられていた。

(も、もしかしたら、あの中にジョン・スミスの新刊に関する資料があるのかしら。……ああ、あのときもっとちゃんと見ておくんだった……!!)

目の前に落ちていた奇跡を拾い損ねた後悔に、カレンは深く沈み込む。

「……ん……？」

レオネルの執務室にヒューゴが訪れた。

(あああああ！　どうしよう！　まっすぐ見られない！　恥ずかしい！)

両手で顔をおおったカレンは指のあいだからこっそりヒューゴを見た。野性的だと戸惑った姿も、今は凛々《りり》しくて格好よくて、鼓動を乱す要因の一つになっている。

（落ち着いて、私！　陛下と宰相！　これはごく普通の職場での光景でしょ!?　そうよ、ごく普通の……え？　なに……？）

空気が一変したのが見て取れた。二人は素早く辺りを見回すとこそこそと話し合い、再び辺りを見回してからなにか書類らしき紙束を渡した。

（宰相さん、陛下になにを渡したんだろう）

怪しい。個室である執務室の中でも警戒するなんてただごとではない。物置の小窓から執務室を監視していたカレンは、首を引っ込め思案する。

（でも、なにもかもがジョン・スミスに関するなんて考えるのは危険よね。なにか決定的な証拠をつかんで問い詰めて……それでもし、ほ、本人だったとしたら、どうしよう？）

身近に憧れの作家がいる状況なんて想定していなかった。

（そ、そうね。まずは握手よね!?　それから本にサインしてもらって、創作談義なんてできたら最高じゃない!?　きっと、熱心な読者である私のことを気に入ってくれるわ！）

ここではっとする。

（ちょっと待って。私、結構ひどいことしてなかった……？）

昨日だって、あれはたぶん、原稿を出版社に持っていくつもりでこっそり出かけようとしていたところに押しかけてしまったのだ。思い切りなじってしまったし、マナーなんて欠片《かけら》もなかった頃はずけずけ文句を言っていたから、好感なんて抱かれていないだろう。

（むしろ嫌われてるわ！　どうしよう……って、そもそも本人と決まったわけじゃないわ！怪しいだけよ！　疑わしいだけよ!!　あー、昨日の私のバカ！）

ぐるぐる考え、トン・ブーの散歩の時間が迫っていることに気づいてその場を離れた。

「ねえあの子よね」

どこかで声がする。

「王妃様が田舎から拾ってきた子。ちょっと静かにしてたと思ったら……やっぱり育ちが悪いと出ちゃうのね」

「王妃殿下の侍女が宰相閣下に色仕掛けで近づいて捨てられたって本当？」

「本当よ、私見たわ。昨日、大騒ぎしてたの！　宰相閣下は女っ気が全然なかったから興味ないと思ってた。ああいう芋《いも》娘に手を出すなんて信じられなーい！」

王城ではいかがわしい話題で持ちきりだったが、ジョン・スミスが宰相レオネルではないかという疑惑に囚《とら》われたカレンの耳にはまったく届かない。

「――カレン、最近の噂についてなんだけれど」

「噂ですか？」

グレースの部屋に戻りトン・ブーに胴輪をつけていると控えめに声をかけられた。

「気にしていないのならいいのだけれど……なにかあったら必ず私に言いなさい。いいわね？

ヒューゴ様ではなく私に言うのよ？」

「かしこまりました」

（なんかこの頃、グレース様がすごく優しい）

「では、トン・ブーの散歩にいってまいります」

カレンは丁寧に一礼し、トン・ブーに引きずられつつ部屋を出た。散歩を待ちわびていたのか、トン・ブーは小走りになり、階段などは命がけで下りる羽目になった。

「し、死んだらどうするのよ!!　あなたは偶蹄目《ぐうていもく》なんだから私に配慮しなさいよっ!!」

城を出るなりトン・ブーが猛然と駆けだす。人目がないのをいいことにカレンは悲鳴をあげた。小人豚《こびとぶた》といってもブタなので大型犬よりはるかにデカい。当然、カレンではトン・ブーを止められない。トン・ブーはそのまま青々と茂る草に顔を突っ込み食べはじめた。

「トン・ブー!!」

紐《ひも》を引くとトン・ブーが顔を上げた。ようやく話を聞く気になったのかと安堵《あんど》したがそうではなく、トン・ブーはふいっとあさっての方角を見た。つられて見ると、そこには厨房の友ジャック・マーロンがいた。息を切らせ、汗をぬぐっている。

「ジャック、どうしたの？」

「君がすごい勢いで廊下を走っていったから、心配して追いかけてきたんだよ」

「私のためにわざわざ？」

驚いて尋ねると、ジャックは取り繕うように頬をかいた。

「わざわざっていうか……うん、心配、だったし」

(な、なにこれ!? 私のこと気にしてくれてるの!? やっぱり恋!?)

ジャックの頬がやや赤いのは走ってきたせいか照れているせいか。大げさに咳払いして「今日はちょっと暑くない?」と襟《えり》元を崩す姿にドキドキしてしまう。

「そ……そういえば、宰相さんって、なにかあったの?」

話題を変えようとしているのか、ジャックがそう尋ねてきた。

「なにかって?」

「いや……噂が、いろいろと」

「噂……って、まさか、あれのことですか!?」

カレンがはっとした。

(みんな気づいてるの!? 宰相さんがジョン・スミスだってことに!!)

カレンはまだ城に来て間もない。友人と呼べる相手も新人のジャックと通いの職人たちだけで、どちらも情報源としては弱い。そのせいで気づかなかったのだ。

(冷静になるのよ、カレン。噂って言ってるんだから、ジャックだって確証がないのよ。ここは決めつけて話すべきじゃないわ)

こくりとつばを飲み込む。

「あの、実は私、見てしまったんです」

「見た？　なにを？」

カレンに釣られたのだろう。ジャックも真剣な表情で声をひそめた。

「宰相さんと陛下が、こそこそとなにか相談しているのを。あと、こっそり書類を渡しているのも目撃してしまって」

（宰相さんがジョン・スミスだったとして、どうして陛下と人目を忍んでこそこそと会う必要が……は！　そういえば、陛下もジョン・スミスの本を持っていたじゃない！　しかも一巻から初版本だったわ！　冊子を手に入れるのも困難だけど、初版本もかなり難しいわよね!?　ってことは、陛下も関係者で間違いないわ！　もしかして、執筆の相談相手とか？　夜に出歩いてらっしゃるんだからネタを提供してたりするのかしら？　あ、原稿を読んで感想をもらっている可能性もあるわよね？　あああ、羨《うらや》ましい！　書き直されては完成に近づく変遷《へんせん》をつぶさに見られる立場なんて……でも、忙しそうなのにそんな時間があるのかしら？）

「カレン？」

身もだえしつつ考え込んでいたカレンは、ジャックの声にはっとわれに返った。

「と、とにかく、二人が怪しいんです！」

要領を得ない無茶苦茶なカレンの訴えを、ジャックは呆れもせず真剣な顔で聞いてくれる。

（な、なんていい人！）

カレンは感動する。

トン・ブーに引きずられるようにカレンが歩くと、ジャックも付き合って歩いてくれた。情緒の欠片もないブタは、行く先々で可憐《かれん》な花を容赦なく食い散らかす。

（この外道……）

思わず顔をしかめていると、ジャックがそっと寄り添ってきた。

「なにかあったら俺に相談して。俺は君の味方だから」

親切が服を着て歩いているみたいだ。

「ありがとう、ジャック」

ありったけの感謝の気持ちを伝えると、彼はにっこりと魅力的に微笑んだあとで「そういえば」と、さらに話を変えた。

「さっき、ヴィクトリア様がいらっしゃったみたいだね」

嵐《あらし》を呼ぶ乙女の来訪を、ついでのように口にしたのであった。

第五章　元許婚が奇襲をかけてきたそうですよ！

1

　ヴィクトリア・ディア・レッティアは公爵令嬢である。しかも王家の遠戚《えんせき》で、大変高貴な女性だ。押しも押されもせぬ貴婦人でありながら海外留学の経験もあり、外交にも太いパイプを持つらしい。それも当然で、もともと王妃にと育てられた娘だ。三カ国語だか五カ国語だかに堪能《たんのう》で、その国々のマナーを身につけ、ダンスを踊らせれば玄人《プロ》も見惚《みほ》れ、歌を歌えば人々を魅了する。ついでに刺繍《ししゅう》の腕も一流で、おまけにとてつもない美人だ。

（陛下が二十三歳で、ヴィクトリア様が十九歳。……十五歳のグレース様より歳《とし》が近いわけだし、王妃様になるため教育を受けた人なら納得いかないのは当然よね）

　ちなみにレオネルは、なんとびっくり二十七歳だった。

（二十代後半ってガセだと思ってたのに本当だったなんて！　そもそもあれが二十七歳の顔なの!?　死相出まくった二十七歳ってなんなの！　絶対に早死にするわよ!?）

　そんな現実逃避をしたくなるような状況が、カレンの目の前に広がっていた。

永遠ではない価値は宝石より高いのだと謳《うた》われる花を見渡す限り一面に植えた大庭園。カレンが見たこともない大輪の花もあれば、故郷ではごく普通に摘んでいた可憐《かれん》な花もある。どこを歩いても花の香りがまとわりつき、花びらがささやき合うように風に揺れた。

「お茶会にお招きいただきありがとうございます」

白い華奢《きゃしゃ》な椅子《いす》に腰かけ、グレースがにこりともせずにお礼を言う。彼女の前に座るヴィクトリアに向けて。

ヴィクトリアは〝とてつもない美人〟を絵に描《か》いたような美貌《びぼう》の持ち主だった。豪華な金髪は手入れも完璧《かんぺき》でキラッキラだし、青い目はよく晴れた日の空の色だ。ヒューゴと並べば、目も髪も彼より薄いため、それがとても女性らしく映《は》えるに違いない。

（見栄えのする美人ね。なによりも……）

カレンはそっと視線を落とす。

なによりも注目すべきはその胸だ。こぼれんばかりのみずみずしい果実がドレスから覗《のぞ》いている。腰のくびれも完璧だし、少し太めのお尻《しり》は、田舎《いなか》なら「立派な母親になれるよ」と誰《だれ》もが太鼓判を押すに違いないほど健康的だ。全体的にすべてが細めのグレースと比べると、女性らしくて大変魅力的なのだ。

（陛下！　お気は確か⁉　普通の男は絶対こっち選ぶわよ⁉　百人中百人がこっちよ！　なんで百一人目が出ちゃうのかしら⁉）

自分の魅力を十分に理解しているヴィクトリアは、グレースに厳しい眼差《まなざ》しを向けてくる。

さもありなん、という心境に、カレンはそっと目を伏せた。

ちなみにヴィクトリアの後ろには、毎日あきもせずグレースの部屋にやってきてはカレンを追い出そうと努力していた令嬢たちが控えていた。

(昨日はお茶に塩を入れてたし、一昨日は臭虫《くさむし》入りの小箱を渡してきたし、その前は調度品を盗んで私に罪をなすりつけようとしたし……あら、よく考えてみたら、だんだん嫌がらせがショボくなってるわ。もう少ししたらネタ切れになるかしら)

令嬢たちと目が合った。にっこり笑うと、びくっと警戒されてしまった。

塩は「令嬢たちが間違えていました」とでかでかと書いて厨房《ちゅうぼう》に返し、臭虫一匹なんていたずらにもならないことを主張するため百匹ほど捕まえて缶に詰め、かわいくラッピングしてから送り届け、調度品は「令嬢たちがお戯《たわむ》れでお隠しになりました。子どもっぽい遊びは感心しません」と、目撃者まで捕まえたうえで侍女頭にチクっておいた。反撃がエグくて令嬢たちの攻撃の手がどんどんゆるむのだが、真面目《まじめ》に仕事に取り組んでいるつもりのカレンは、すっかり及び腰になった令嬢たちを前に、間もなく訪れるだろう平穏を思い描いて上機嫌だ。

(食事もはじめの頃《ころ》とは比べものにならないくらいおいしくなったし)

パン一つもざらだったのに、今は前菜のサラダから主菜の肉料理、デザートが出るときだってある。虫を仕込まれていたときを思うと雲泥《うんでい》の差だ。

「そこのあなた」

ヴィクトリアにいきなり指をさされてカレンははっとわれに返った。

「侍女がぼんやり立っていていいと思ってらっしゃるのかしら？　確か、地図にも載っていないような田舎からいらっしゃったとか？」

カレンは内心でぎょっとしグレースを見た。グレースがうなずく。

主《あるじ》から了解を得て、カレンは口を開いた。

「地図には載ってます。……もしかして、ヴィクトリア様は古い地図しかご覧になったことがないのですか……？」

「あ、ありますわよ、最新のものくらい！　わたくしを誰だとお思いなの!?」

扇がぱしぱしテーブルを叩《たた》く。

「新しい地図をお持ちなのにタナン村を探せないのですか？　失礼ですが、ヴィクトリア様は字が読めないという認識でよろしいでしょうか？」

そんな、何カ国語も話せるほど教養がある方なのに自国に疎《うと》いなんて……と、同情しているとヴィクトリアが眉《まゆ》を吊《つ》り上げた。

「読めますわよ！　本当に失礼ですわね！」

激しくテーブルを叩きながら訴えるヴィクトリアに、カレンはほっと表情をやわらげる。

「でしたらご存じのはずです」

カレンが断言すると、ヴィクトリアはみるみる赤くなり、グレースがそっと顔をそむけた。肩がかすかに震えている。

「グレース様、笑ってはいけません。地図を読むのは意外と難しいのです」

「そ、そうね。難しいわ。ええ、本当に……っ」

グレースの肩がいっそう激しく揺れる。

キッとヴィクトリアが睨《にら》んできた。

「グレース様も、小国の出ですわよね!? どうやってヒューゴ様に取り入ったのかしら！」

(うわああ、直球！)

「取り入ったつもりなどないわ」

即座に笑いを収め、つんっとグレースが答える。

「怪我《けが》をされて、手当てを受けたとか。そのときに言い寄ったのではなくて？ ヒューゴ様はお優しい方。なんの益《えき》にもならないのに、古都《こと》が帝国に攻められていると知って駆け付けるようなお方。ねえ、どんな方法を使って、あの方を虜《とりこ》にしたのかしら？」

ぐいっとヴィクトリアが身を乗り出す。豊満な胸が前面に押し出される。

(本当に、なんでこんな魅力的な許婚《いいなずけ》を捨ててグレース様を取ったのか……っていうのは、まあ知ってるんだけど、それがあっても今まで積み重ねてきたものを全部ないことにされたら納得いかないわよね)

ヒューゴも罪なことをする。カレンは一つ息をつき、口を開いた。

「失礼を承知で申し上げます。その決断をされたのは陛下ご自身――責めるべき相手をお間違えなのでは？」

「言いましたわよ。丁寧に謝罪をいただきました。それでも納得いかないから、こうして直接グレース様とお話しようと思ったのですわ」

令嬢たちとともに王城に押しかけ、グレースを直接お茶に誘う――断られたら赤恥なのに、それでもじっとしていられなかったのだろう。

「つまり、私を見極めようというの？」

淡々とグレースが尋ねるのを聞き、カレンは深く息を吸い込んだ。同席する令嬢たちは役に立たない。本来なら諍《いさか》いを止める立場にある彼女たちは、王妃と元許婚の直接対決に興奮し、目を爛々《らんらん》とさせながら様子をうかがっているだけなのだから。

「大変申し上げにくいうえにヴィクトリア様もすでにご存じかもしれないのですが、一つ、よろしいでしょうか」

「なんですの？」

ヴィクトリアに睨まれ、カレンはたじろいだ。

（ひ、ひるんではだめよ、カレン。グレース様の偽乳《ニセチチ》ポロリ事件を丸く収めたじゃない！　あの一件をここで利用しなくてどうするの！）

覚悟を決めて顔を上げた。

「陛下は慎ましいお胸が好きなんです。大変落ち着くとおっしゃっていました」

すべての元凶であるヒューゴにおっかぶせるのが一番いい。夜の街に溶け込む彼を思い浮かべて熱くなる頰《ほお》を意識の端に追いやって、カレンはまっすぐヴィクトリアを見た。

ちなみに城内ですっかりグレースの貧乳は認知された。

(涙目でグレース様に叱《しか》られたけど)

ついでにヒューゴが貧乳好きなのも認知された。

(宰相さんが泣きながら怒っていたってグレース様が言っていたけど)

万事問題なく予定通りだ。ここで注目すべき点は、ヒューゴがまったく気にしていないところだろう。

(心意気に惚れたって言ってらっしゃったし、基本的に抱き枕《まくら》にしてるだけだから、胸のサイズとか性別とか全然問題にしてないのよね。改めてヴィクトリア様に問い詰められても、陛下ならなんとかしてくれるんじゃ……)

期待と不安と、かすかな胸の痛み。その痛みの理由を考え動転していると、ヴィクトリアが叫んだ。

「わたくしの価値が胸程度だとおっしゃるの!?」

「い、いいえ、美貌も教養も、地位も立ち居振る舞いも、正直、ヴィクトリア様に並ぶ女性は存在しないと思います」

（女性としては、ね）

気持ちを切り替え、カレンは言葉を続ける。

「ですが、陛下のお心を魅了したのはグレース様なのです。——正直に申し上げます」

カレンは深く息を吸い込んだ。

「陛下の目は腐っておられます。私が為政者《いせいしゃ》だったら絶対にあなたを選びます。類《たぐい》まれな美貌、誰もがうらやむ完璧な肉体《ボディ》、国どころか海外にまでとどろく名声！　男の価値を押し上げる女、それがあなたです、ヴィクトリア様!!」

「え……ええ、わかればいいのよ……？」

握り拳《こぶし》で訴えたらヴィクトリアの目が泳いだ。扇でぱたぱたあおいでいる。

「あなたの価値がわからない男に、あなたはふさわしくないと思います」

断言するときょとんとされてしまった。

「ヒューゴ様以上の男性が、この国にいて？」

王様が国では一番の権力者だ。さらに言うなら魅力的な男性だとも思う。そう納得したとたん、触れた場所が熱を帯びた。夜に出会ってしまった彼にいまだ惑わされているのを自覚しながらも、カレンはあえて否定の方向で口を開いた。

「あなたの素晴らしさに気づかない男になんの価値があるんですか？」

断言すると、ヴィクトリアは小さく笑った。

「……噂《うわさ》通り、変な侍女ね」

ヒューゴをあきらめ、王妃としてのグレースを認めてくれることを期待した。

だが、ヴィクトリアの横顔は愁《うれ》いに満ちていた。

2

お茶会は重苦しい空気で終わった。

「ここは祖父から譲り受けた私邸です。今日はお泊まりになって。歓待いたしますわ」

そろそろおいとましようと考えたとき、ヴィクトリアにそう提案された。てっきり断るかと思いきや、グレースは二つ返事で受け入れてしまった。

用意されたのは日当たりがよく、値の張る調度品がさりげなく配されたセンスのいい部屋だった。

(……ヴィクトリア様って、そんなに悪い方じゃないのかも)

調度品を確認しつつそんなことを考えていると、グレースが窓辺にある椅子に腰かけた。何気なくカレンも花咲き乱れる庭を見る。

(あ……)

ヴィクトリアがいた。花に囲まれた彼女はただただ美しく、魅惑的だった。そんな彼女が両手で顔をおおってその場にしゃがみ込んだ。近くで控えていた令嬢たちが駆け寄って声をかける。なんでもないというように首を横にふるヴィクトリア――グレースを前にしていかに激情を抑えていたかが伝わってくる姿だった。

（こ、こ、心が痛い……っ！）

胸を押さえながらグレースを盗み見る。無表情な彼女は、感情を映さない瞳《め》で庭をじっと見据えていた。

（でも）

握られた拳がかすかに震えていた。彼女は王妃という立場を手放すわけにはいかない。ラ・フォーラス王国の庇護《ひご》がなくなれば祖国が帝国に再び攻め入られるとわかっているから。

（同盟を結べるのが一番よかったんだろうけど、そんなこと難しいだろうし）

小国と大国が同等の条件で手を組むのは不可能だ。きっとレオネルでも宰相という立場から、古都と同盟を結ぶより侵略したほうが国の利益になると判断しただろう。侵略すれば古都の民は隷従させられる。人としての当たり前の権利が奪われ、場合によっては家畜同然に扱われて殺される。どれだけヒューゴが兵たちを制しても、所詮《しょせん》は支配した側なのだ。

だからヒューゴは婚礼という形を選んだ。

たった一つ、それが彼に使えるグレースごと古都を守れる切り札だったから。

（でも、あれ見ちゃうとなあ……ああ、本当に、心が痛い）

ヴィクトリアはきっと打ちひしがれているだろう。

カレンはそっと部屋を出る。通りかかった使用人に、部屋の前でグレースが呼ぶまで待機してほしいと頼み、庭園に出た。

（えっと、ヴィクトリア様がいたのはあっち……うわ、なにこれ湖!? 桟橋《さんばし》にボートを留める杭《くい》まである！　も、もしかしてこのお屋敷、舟遊びできるの!?）

建物に隠れて見えない場所にあったのは、鳥が優雅に羽を休める美しい湖だった。

「子どもの頃は誰が一番先に対岸に着くか競争したのよね」

釣りも得意だが泳ぎも得意だ。男の子にだって負けたことはない。そんな懐かしい思い出に浸っていたら女の声が聞こえてきた。

（あ、そうだ。ヴィクトリア様……）

近づくと花の壁の向こうに人影が見えた。声をかけようと思ったら令嬢の集まりだった。

「きー!!　許せないわ、あんな米粒サイズの国の姫のくせに!!　なにが古都よ！　歴史しかない小国の分際でヴィクトリア様を悲しませるなんて！」

――どうやらご立腹であるらしい。

（ああ、やっぱり泣いてたんだ）

カレンはしゅんと項垂《うなだ》れる。グレースの立場もヒューゴの立場もわかる。そして、ヴィクトリアの悲しみもわかってしまうから居たたまれない。

「どうにかしてあの侍女にぎゃふんと言わせられないかしら⁉」

（え……なんでいきなりそういう発言になるの⁉　しんみりしてたのに！）

「湯を渡さないよう命じたら勝手に厨房を使うし、食事に虫を入れさせても動じないし！　料理人たちは、『もうできません』なんて言い出すし‼　これじゃグレース様を孤立させてじわじわ城から追い出す計画が進まないじゃない！」

（お湯だけじゃなく虫まであなたたちの差し金なの⁉　一流の料理人にそういうことさせちゃだめでしょ！　……まあ取り入ろうとするタイプじゃないとは思ってたけど……）

カレンがげんなりする。

「ねえ、それならいい考えがありますわ」

怒《いか》れる金髪に誰かが声をかけた。

「古都の王家はみんな短命だって言うでしょう？　それを理由に排斥《はいせき》すればいいんですわ！」

「……短命」

「ええ。グレース様のお母さまだって、グレース様を産んでしばらくして亡くなったと記憶しております。お父さまも確か病弱だったはずですわ」

「王妃は王の従姉妹《いとこ》だったわね」

「そうですのよ。グレース様が子どもが産めるほど丈夫だとは思えません。排斥には十分な理由ではありませんか?」

(な、なるほど排斥……って、グレース様はどう頑張っても子ども産めないじゃない! あ、それは陛下のお姉さんの子どもを次期王にって話だったし、じゃあ別に問題ないわね)

カレンがほっと胸を撫《な》で下ろすと「決まりね!」と令嬢が力強くうなずいた。

「宮廷医のところに行って、入城時健康診断証書を手に入れましょう!!」

(入城時健康診断証書? そういえば、宰相さんに連れられて医務室に行ったときにいろいろ調べられてたけど、あれのこと……?)

身長、体重、視力に握力、健康状態、血液採取、病歴や渡航歴、感染症にかかったことがあるか否か、もうとにかくうんざりするほど調べられたあれか。

(グレース様のものはないわよね? 陛下が調べさせるわけないし)

今もバレていないということは、ヒューゴがうまく立ち回っているからだろう。だから、令嬢たちが入城時健康診断証書を探したところで見つかるわけがない。

(待って! 見つからなかったらよけいに怪しいわ!!)

バカでなければなにか裏があると考えるのが道理。

まずい。ボロが出る。

きゃっきゃとはしゃぎつつ歩き出す令嬢に青ざめたカレンは、スカートをたくし上げ、一目散に厩舎《きゅうしゃ》に走った。

「すみません、急用ができたので馬車を出していただけませんか！」

声をかけたが、あろうことか御者はお仕着せのまま酒瓶をかかえて眠りこけていた。

「確かに今日はここに泊まる予定だけど！　まだ職務中でしょ!?　馬の世話とか馬車の手入れとかいろいろあるでしょ!!」

襟首《えりくび》をつかんでガンガン揺すったが「うう」とうなるだけで目を開けない。叫んでいたら、馬番が恐る恐るやってきた。

「どうされたんですか？」

「誰ですか、この人に酒瓶なんて渡したのは!?」

「それ、ご自分のですよ。荷台に必ず一本入れてるんだとおっしゃってました」

「お、お、起きろ〜!!」

カレンは叫びながら御者を揺すったが、まったく反応がなかった。

「すみません、馬に鞍《くら》をつけてください。グレース様……あの、えっと、グレース様、は、枕が変わると眠れないんです。私、大至急お城に戻らなければならなくて……!!」

「枕ですか」

「枕です。ゆゆしき事態なんです！」

力説すると馬番は神妙な顔になった。

「わ、わかりました。でも、馬に乗れるんですか？」

「大丈夫です。私、子どもの頃は牧畜犬に乗った経験だってあるんですから！」

力強くうなずくカレンに不安げな顔をしつつも、馬番は鞍をつけた馬を馬房から出してくれた。隣接する倉庫にはカレンたちが乗ってきた馬車の他《ほか》に家紋入りの派手な馬車が二台と比較的シンプルな馬車が二台置かれている。

（令嬢たちより先に城にたどり着かないと……!!）

カレンは鐙《あぶみ》に足をかける。だが、馬の背は思った以上に高い場所にあってうまく足が上がらない。村にいた馬より一回り大きいのだと今さらながらに気づいたが、馬番に手伝ってもらいながらなんとか乗ることに成功した。

「本当に大丈夫ですか？」

「任せてくださ、きゃー!!」

足が、うっかり馬の腹にあたってしまった。そのせいで馬がいきなり走り出した。

「馬を止めるときは手綱を引くんですよ！　背筋はまっすぐ、両足に力を入れて腰を浮かせて！　馬が走るのに合わせて軽く腰を上下させるんです！　スピード出したいときは馬の腹を軽く蹴《け》るんです！　軽くですよ、軽く！　本当に大丈夫ですか――!?」

「だ、だだだだ、大丈夫です！　いってきますー!!」

カレンは絶叫とともに手綱をきつく握りしめた。

馬と犬は乗り心地が全然違った。

子どもの頃、背に乗せてくれた牧畜犬のマックスは大型で気が優しく、牛を追うとき意外に吼《ほ》えたことなど一度もない賢い犬だった。カレンが長い毛をつかんでも決して振り落とさず、あえて平坦《へいたん》な道を歩いてくれるような犬だった。

もちろん馬も賢い。

けれど馬の賢さは、乗る人によって結果を変えるのだと身に染みてわかった。

「し、死ぬかと思った……!!」

ヴィクトリアの屋敷は王都から少し離れた場所に建っている。

徒歩なら半日かかり、馬ならそれほど苦にならない距離だ。けれど、乗馬初心者のカレンにはとんでもなく遠かった。道で何度か人を轢《ひ》きかけて怒鳴られ、息も絶え絶えに王城にたどり着き、厩舎でなんとか馬を降りたときには足がガクガクと笑っていた。

（お、お尻痛い！　内股《うちもも》が引きつってる。腕が！　肩が！　ガチガチ――!!）

おかしい。護衛はあんなに楽々乗りこなしていたのに。

「すみません、馬のお世話をお願いします」

へっぴり腰になりつつ馬番にそうお願いし、カレンはよろよろと医務室に向かった。

（入城時健康診断証書ってどこに保管されてるのかしら）

城中の人間を調べているなら相当な量になるはずだ。

（医務室に大量の書類が保管できる場所はなかった……あ、でも、奥にドアがあったわ！）

しずしずと廊下を歩いていたカレンは、人目がなくなると渡り廊下を駆け、勢いのまま医務室のドアを開けた。

「失礼します！」

宮廷医長のダドリー・ダレルは四十代で痩身《そうしん》で、以前来たときも全身真っ白で肌も青白く、黒髪に黒い瞳《ひとみ》が炭のように印象的な男だった。ちなみにノックなしでドアを開けるとすごい目つきで睨まれる。

「ノックをしろ。相手を尊重するのならルールを守れ。尊重しないのならすみやかに出ていけ。病人だろうが怪我人だろうが、私の指示にしたがえないのなら今すぐ野垂れ死ぬがいい」

医務室の王は今日も流れるように毒を吐いている。しかし、吐く毒がまっとうなので、われに返ったカレンは素直に謝罪した。

「申し訳ありません、ダレル先生。早急に対処しなければならない案件がございまして」

「――お、お前は、骨格から栄養状態、筋肉量、肺活量、血液成分、すべてにおいて完璧なカレン・アンダーソンじゃないか！」

こんなに褒めてもらったのははじめてなのに、こんなに嬉《うれ》しくないのもはじめてだ。

どうやら外見より〝中身〟のほうで人間を判断するらしく、宮廷医長は急ににこやかになって問いかけてきた。

「どんな用件だ？」

宮廷医長がカレンを医務室に迎え入れ、後ろ手にドアを閉め施錠した。

（か、鍵《かぎ》をかけた！　この医者、鍵を……!!）

身の危険を感じたが逃げ出すわけにはいかず、ぐっとこらえた。

（どうしよう。書類の偽造を真っ向から頼むわけにはいかないし、令嬢たちを追い返してもらうのも立場上難しいわよね）

思案していると、宮廷医長の視線が泳いだ。

「そんな視力で凝視されると照れるな」

（――なんだろう、この人の褒め方、微塵《みじん》も嬉しくない）

中身を評価されるのは嬉しいが、彼の場合は内面ではなく本当に〝中身〟だからこれっぽっちもときめかない。目が美しいと言われるのと、眼球の構造が美しいと言われるのでは、やっぱりまったく違うのだ。

「ほ、他の宮廷医の方は？」

「学会だ。回診に行ってる者もいる。そんなことより筋繊維を少し採取させてくれないか。傷は残らないよう留意するから」

宮廷医長のその一言で鳥肌とともに理性が吹き飛んだ。

「いやです！　なに気持ち悪い単語さらっと口にしてるんですか！」

「粘膜でもいい」

「妥協したつもりでしょうがお断りです！」

カレンが吐き捨てるとノックの音が室内に響いた。ドアがガチャガチャ鳴っている。

「開けてください！　どなたかいらっしゃらないの!?　開けなさいー!!」

金髪の声だ。カレンが乗馬で悪戦苦闘《あくせんくとう》していたせいで、身支度で時間がかかったはずの令嬢たちが到着してしまったらしい。

「騒がしいな。いいところだったのに」

どんな妄想をしていたのか、宮廷医長はブツブツ言いながらドアへと歩いていった。カレンはこっそり奥に向かい、宮廷医長が鍵を開けるのを脇目《わきめ》に奥の部屋に飛び込んだ。

「わたくし、イーストン家のロザリアーナですわ！　お話がありましてよ！」

一瞬、目を吊り上げたものすごい剣幕の令嬢たちの姿が見えた。

（うわあああ、怖！　早く書類をなんとかしないと！）

カレンは室内を見てぎょっとした。隣室は診察室より広く、書類の入った木箱が棚の上に大量に並び、どこを探していいのかわからない状態だった。

棚を見て回っていたカレンは、見覚えのある葉と木の実を見つけ思わずて足を止めた。

（これって、私が作ってる燻煙《くんえん》剤の材料……？）

呆気《あっけ》にとられて見入っていると背後でかすかに人の声がした。バクンと心臓が跳ねる。カレンは慌てて辺りを見回した。

(右下がりの角文字、筆圧が高く、最初の文字を大きくし、最後の文字に跳ねるくせがある)

宮廷医長の字を思い出しながら入城時健康診断証書が置かれた場所を探す。

(早く、早く、早く！)

未記入の書類束、大量の書類、その中のたった一枚。

カレンは作業台にしがみつく。

乱れる心音の向こう、遠く、ドアの開く音がした。

「ふむ」

宮廷医長は作業台の上に置かれた紙に視線を落とす。

押しかけてきた令嬢たちが舐《な》めるように見たあと激昂《げっこう》した一枚の紙だ。

「偽造としては下《げ》の下《げ》だが、あの短時間で仕上げたのなら驚異のできばえだ――カレン・アンダーソン」

名前を呼ばれてしまった。沈黙に「出てこい」という意思が読み取れて、カレンは棚の陰からこっそりと顔を出す。

（こっそり入ってこっそり書類を偽造して、こっそり医務室を出てこっそりヴィクトリア様のお屋敷に戻るつもりだったのに！）

「申し訳ありません。見なかったことにしていただけますか？　あなたの生命にかかわります」

「――グレース様の正体なら知ってるよ」

カレンの提案に宮廷医長は溜息《ためいき》を返してきた。

「し、知ってらっしゃったんですか!?　でしたら先に教えてくださっても……っ！」

驚愕《きょうがく》とともにカレンは棚から飛び出した。

「用件を言わなかっただろう」

「だ、だって、あの秘密を知ってるのは陛下と宰相さんだけだとばかり……」

「知っているのは宮廷医の中でもグレース様の主治医である私だけだ。それにしても、よく書類の偽造なんて大胆なことを思いついたな」

ぎりぎりだった。足音が近づいてきたときには心臓が口から飛び出すかと思った。

幸いだったのは、入城時健康診断証書の記入事項が数字と「異常なし」「再検査」の文字で構成されていた点だった。あれが文書だったら間違いなく間に合わなかっただろう。

「前回、私が健康診断を受けたとき、先生の字は拝見してたので」

「ほう」

「大変な癖字で難読レベルだと、同僚の方に同情を」

「ほほう」

　本が読めるようになって字が好きになった。それぞれの人にそれぞれの個性がある。だがしかし、彼は個性が強すぎる。

「――まあ、書類の偽造なんてものは必要なかったんだがね」

「え？」

「ここにあるのは使用人のものばかりだ。王侯貴族の診断書は別の場所に厳重に保管してある。持病なんて繊細な情報は争いを生みかねないからな」

「……無駄な努力だったってことですか……!?」

　がっくりと項垂れると宮廷医長は声をあげて笑った。

「そもそも王妃の診断書が作業台に置かれている時点で怪しいと考えるべきだが、頭に血が上っていた彼女たちはそんな当然のことにすら気づかなかった。君が作った診断書が本物であること前提で見ているから、不承不承《ふしょうぶしょう》ながらも納得して帰っていったんだ。無駄ではないさ。ところで君、今回の書類偽造の件、黙っている代わりに君の細胞をくれ」

　金品でないところはありがたいが、要求するものが最高に気持ち悪い。だが、口止め料は必要かと、そっと右手を差し出した。

「気前がいいな、小指か」

　指をつままれてカレンはぎょっとした。

「爪《つめ》ですよ、爪！」

「ちっ」

「舌打ちしない！」

叫んだ直後に気が抜けて、カレンはその場に座り込んだ。

その日、グレースはベッドを見て困惑することになる。

「……なぜここに私の枕があるの……？」

と。

3

朝起きると筋肉が悲鳴をあげた。

とくにひどいのは太ももと両腕だ。乗馬が原因だと考えなくてもわかった。

筋肉痛を悟られないよう注意しながらカレンはグレースを起こした。

ヴィクトリアの屋敷での朝食は、とても優雅だった。

紅茶に焼きたてのパン、脂質の少ない肉を燻製《くんせい》にしてサラダに和《あ》え、朝採れたばかりのみずみずしい果物《くだもの》が器に山と盛られ——なにより特徴的だったのが、そのすべてに食用の花が添えられている点だった。

（なん……って、贅沢《ぜいたく》！）

心の栄養だ。見た目に華やかで、グレースの表情も心なしか柔らかい。

（なるほど、宝石より価値のあるもの、か）

少し、納得する。誰もが認める不動の価値も素晴らしいが、自分だけがわかるとっておきというのは、それはまた別格の贅沢だ。ほくほくと食事をすませ、替えのドレスがあるのを見て不思議がるグレースを着替えさせ、部屋を出ようとしたところで令嬢たちが鼻息荒く現れた。

今日も嫌な予感がした。


（超健康体と太鼓判のグレース様の診断書は昨日見たし、陛下のご寵愛《ちょうあい》も有名。小国とはいえ王族だから、本来ならグレース様に楯突《たてつ》くなんて発想は持たないはずなのに……）

考えが甘かった。

長年仕えた主のために、令嬢たちは今日も闘志に燃えていたのだ。

「舟遊びをしたことはございまして？　特別にヴィクトリア様が許可をくださいましたのよ」

「陸からだって同じ景色《けしき》は見られるわ」

興味なさそうなグレースの返事に、令嬢たちの表情が険しくなった。

（湖畔《こはん》から眺めるだけでも十分きれいだから、わざわざボートの準備をさせるなんて申し訳ないと思ってるんだろうけど、い、言い方が……っ）

苦笑したカレンは、すぐにはっとした。

（今、舟遊びって言った⁉　鳥が羽を休めてたあの湖でボートに乗れるの⁉　アンソニーとバーバラの三回目のデートが舟遊びだったけど、あの舟遊び——⁉）

「せっかくのお誘いを断っては申し訳ありません。まいりましょう、グレース様」

歓声は心の中に隠し、カレンは粛々《しゅくしゅく》とグレースをうながした。

「……お前がそう言うなら行ってもいいわ」

ちらりと見つめられたので会釈を返す。どことなくそわそわした空気からグレースも舟遊びに興味があることが伝わってきた。

外に出るとボートが二艘《そう》、桟橋の先に用意されていた。しかも遠目から見てもわかるほど装飾過多だ。女神の船首像は青銅製に違いない。目が光っているから宝石がはめ込まれているのだろう。ボートの縁も同じように青銅で細やかに飾られ、船尾には家紋らしきものが激しく自己主張していた。ボート一艘にいくら費やしたのか考えるだけで恐ろしい。

（さ、さすが貴族、理解できないわ。オールも青銅じゃない⁉　バカなのかしら⁉）

重厚なボートにカレンが絶句していると、貴人二人が対面した。

「おはようございます、グレース様。お部屋のほうはいかがでした？　急いで用意したのでたいしたもてなしはできませんでしたけれど気に入っていただけました？」

ヴィクトリアがわざわざ刺さるような物言いをしているのが、冴《さ》えない顔色から見て取れた。

「そうね、意外と質素で落ち着いたわ」

グレースの返事は、褒めているのにちっとも褒めているように聞こえない。

「ゆっくりお休みになられたならなによりです。田舎ではなかなか舟遊びなど経験ができないのではと思い、今日は特別にお誘いしましたのよ」

「ありがとう」

グレースが嫌味を受け流す。ヴィクトリアは無表情だったが、令嬢たちは怒りに顔を赤らめていた。

人と深くかかわることを恐れ、好意も敵意も跳ね飛ばし、グレースは〝王妃〟を演じ続ける。

（グレース様って一生こんな感じなのかしら。親しい人を作らず、誰とも打ち解けず、ずっとお城の中で孤立無援《こりつむえん》。これから何十年と死ぬまでこのまま――亡き王女との約束を守るため、民を生かすため、ただただ犠牲《ぎせい》になり続けるの？）

「グ、グレース様、ボートに乗りましょう」

その場から引き離すことしかできない自分が情けない。

「田舎者！　そっちのボートじゃないわ！　逆よ、逆!!」

右のボートも左のボートも桟橋を挟んでいるだけでたいした違いはないように見えたが、カレンが乗り込もうとすると金髪に止められてしまった。お気に入りのボートでもあるのかと戸惑いつつ反対側のボートに乗り込みグレースに手を貸す。桟橋を挟んだ向こう側、金髪がヴィクトリアに手を貸していた。

（こ、このボート、クッションがあって座りやすいわ。ぐらぐら揺れて面白い！　見た目は残念仕様だけど、お金がかけてあるぶん乗り心地がいい……!!）

湖面を見ると小魚がいた。優雅に群れをなして泳いでいる。

「きれいな水ですね」

カレンの独《ひと》り言に、グレースが湖面にそっと触れながらうなずいた。

「水が湧《わ》く場所があるのよ。雪解け水がゆっくり地中をたどってここまでやってくるの」

そんな場所で舟遊びだなんて、なんて素晴らしいのだろう。感心しつつオールを握り、グレースが座ってからオールで桟橋を押してボートを離した。力強くオールで水をかくが、ふにゃふにゃとした抵抗が手に伝わってくるだけでボートがちっとも進まない。オールを持ち直し、筋肉痛をこらえながら少しずつ角度を調整していくと急に手応《てごた》えが増した。

「グレース様、これ面白いですね!?」

「――素が出ているわよ、カレン」

「申し訳ありません……っ」

われに返ると、向かい合って座っていたグレースが苦笑しながら立ち上がり、カレンから片方だけオールを奪って隣に腰かけてきた。カレンに合わせてオールを動かす。

「……難しいわね」

ゆっくり旋回《せんかい》しはじめるボートに、グレースが顔をしかめた。

「オールの角度が違うんです。水面に対して垂直なんです、体全体を使うように少し後ろにそらせてオールを引き寄せる」

「体を、後ろにそらせて、オールを、引き寄せ、る？」

「惜しい！　グレース様、もう少しオールの角度を変えてみてください」

「こう？」

「倒しすぎです。水の抵抗を最大限感じる角度を維持してください」

「無理よ」

「できます。さあご一緒に！」

「さっきからボートが進んでないわ！」

同じ場所を回るボートに気づき、グレースがコロコロと無邪気に笑ってすり寄ってきた。

（か、か、かわ、いい……!!　陛下、グレース様がかわいいです！）

純粋に、彼女には笑っていてほしいと思う。無条件に幸せになってほしいと願ってしまう。

グレースとはそういう人なのだろう。

ほっこりと納得していると、なにかが視界の端に飛び込んできた。カレンははっと視線を上げる。離れた場所で優雅に舟遊びを楽しんでいると思っていたヴィクトリアたちのボートが、思った以上に近い場所に来ていた。

「……っ……!!」

回避しようとオールを操る。だが間に合わない。船首と船首がこすれ、ボートが激しく上下に揺れた。完全に制御を失った二艘は、ほぼ同時に四人を水中に放《ほう》り出して船底を空に向けた。

(冷た……!!)

雪解け水だと聞いたばかりだ。朝も早く、水温は夜のまま。マズい、そう思ったとき、視界の端で暴れる女の姿が見えた。

「いやあああ！　助けて！　誰か！　助けて!!」

金髪の令嬢は錯乱状態で、両手が水を掻《か》いているがちっとも前に進めていない。近くにボートが浮いているのに、手をばたばた動かすだけでたどり着くことすらできないのだ。カレンはさっと辺りを見回す。グレースは幸いボートにつかまっている。ヴィクトリアは――。

(あっちも危ないわ)

ヴィクトリアも泳げないらしく手を振り回している。

「ヴィクトリア様、両手を胸に！」

「無理ですわ。溺《おぼ》れてしまう！」

「大丈夫です、私を信じて。必ず助けますから！」

カレンの言葉にヴィクトリアは握った両手を胸に押しあてる。とたんに沈みはじめる彼女の体をすかさず水面に押し上げ、仰向けにしてボートまでかかえて泳いだ。

「つかまってください」

「あ、ありがとう。ロザリアーナも助けてくださる？」

「――助けます」

カレンがうなずくと、ヴィクトリアはほっとしたように微笑んだ。だが、目の前で溺れる令嬢を一向に助けようとしないカレンを見て不安げに顔を歪《ゆが》めた。

「どうして助けてくださらないの？　ロザリアーナが溺れてしまうわ！」

「まだだめです」

「まだって……」

「助けて！　わたくし泳げないの！　お願い、誰か、誰か！　死にたくない……!!　ヴィクトリア様！　助けて……!!」

金髪の令嬢の手ががむしゃらに水を掻く。ボートから離れて令嬢を助けようとするヴィクトリアをその場に押しとどめ、カレンは溺れる令嬢をじっと観察する。

（まだだめ。まだ、まだ、まだ、まだ）

水の怖さは知っている。溺れている人の怖さも知っている。ここまで錯乱状態だと救助者にしがみつき、もろとも沈んでしまう。危険すぎて近づけないのだ。

だから待つ。

溺れる者が、力尽きる瞬間を。

「ロザリアーナ……‼」

ヴィクトリアが悲鳴をあげる。暴れていた女がゆっくり水の中に消えていくのを見たカレンは、ボートから離れると水にもぐり、沈んでいく女の顎《あご》をつかむと一気に水中に引き上げた。

耳を近づけ、かすかに息があるのを確認して顎に手をかけたまま泳ぎ出す。

「先に金髪を助けます。少しお待ちください」

本来なら貴人の救出が最優先だが、今は危険な状態の者を優先した。

(最近泳いでなかったからきつい……‼)

おまけに水が冷たすぎて指先の感覚がなくなってきている。

息も絶え絶えに湖畔にたどり着くと、オロオロと様子をうかがっていた令嬢たちが寄ってきた。

「水を吐くかもしれないので体を横向きにして、体をあたためてあげてください。他にボートは？」

「ここにあるのは二艘だけですわ」

「わかりました。念のため、人を呼んでください。それから、部屋をあたためて湯の準備を」

「あなたは？」

「二人を助けに行きます」

言い置いて靴を脱ぎ捨てるなり再び湖に飛び込んだ。泳ぎは覚えておくものだとつくづく思う。もっとも、娯楽が少ない田舎では川なども遊び場になっただけだったのだが。

二人のもとまで行くと、小刻みに震えながらもヴィクトリアを先に助けろとグレースが訴えてきた。カレンが躊躇《ためら》うとグレースの語調が荒くなった。

「彼女を先に岸まで連れて行きなさい」

「――彼女、ですか。あなたも一応、彼女なんですけれど」

意図を読んで思わず訴える。そもそもカレンが仕えているのはグレースだ。優先順位は王妃であるグレースのほうが確実に上だ。

それなのに譲ろうとしない。

「……わかりました。すぐに戻ってきます。ボートにつかまっていてください」

カレンが了承すると、グレースはほっとしたように微笑んだ。

（まったくこの人は……）

祖国の民を守ることで手一杯なのに、ラ・フォーラス王国の民まで見捨てたくないらしい。もっともカレンだって、ヴィクトリアを見捨てるつもりはなかったのだけれど。

「い、いいんですの？」

「一秒でも早くグレース様をお助けしたいので、協力をお願いします」

「わかりましたわ」

カレンは金髪と同じ要領でヴィクトリアを運ぶ。湖畔には、令嬢どころか、使用人たちがわらわらと集まってきていた。

「ヴィクトリア様を屋敷までお願いします。私は、これからグレース様を……」

歯の根が合わない。もうそろそろ体力の限界だ。それでもあと一回、この冷たい湖を往復すれば体を休めることができる。なにかと突っかかってくる令嬢たちも、お茶の一杯くらい淹《い》れてくれるだろう――そんなことを思って、振り返ったカレンの目に。

「……え……?」

船底を空に向けて浮いているボートが一艘だけ見えた。さっきまで二艘浮いていたはずなのに、今はたったの一艘だけ。

(どうして？　確かに装飾過多で重そうなボートだったけど、そんなに簡単に沈むものじゃないでしょ?)

グレースの姿が見当たらない。

どこをどう探しても見つけることができない。

可能性はただ一つ――ボートと一緒に沈んだのだ。

「ボ、ボートの底に、穴をあけておいたの」

細く聞こえてきたのはずぶ濡《ぬ》れの女の声だった。ああ、意識が戻ったのか――そんなことを、ぼんやりと思う。

「慌てればいいって、そう思って。でも、全然、普通に、舟遊びを楽しんでいて、悔しくて」

ボートをわざと近づけ焦らせてやろうと思った。そのつもりだった。それは小さな意趣返しで、たぶん、それほど強い悪意ではなかったのだろう。

こんな結果にならなければ、誰も気に留めなかったに違いない。

「――言い訳は、あとでうかがいます」

手足が重い。指先の感覚がない。バタバタと音をたて服から水がしたたり落ち、吐き出す息が凍りつきそうだ。

（しっかりしなさい。頼ってもらえる侍女になるって、そう決めたでしょ）

カレンは歩きながらメイド服に手をかけた。深く息を吸い込み、むしり取るように脱ぎ捨てる。あられもない下着姿に皆が驚倒して声をあげたが、その声はやけに遠かった。

「グレース様、すぐまいります……!!」

三度《みたび》湖に飛び込み、カレンは懸命に水を掻いた。筋肉痛の腕と足はだるいうえに疲労でパンパンだし、息は切れ、指先は完全に感覚を失っている。それでも、メイド服を脱いだおかげで体が幾分楽に動く。

カレンは間もなくボートが沈んだであろう場所にたどり着き、大きく息を吸うなり深くもぐった。

どこまでも透明な水は、その途中、ぞっとするような深い青に変わる。

装飾過多なボートは見えず、水底から上がってくる気泡ばかりが視界を塞ぐ。

カレンは目をこらした。

わずかな濃淡を見つけ、両腕で強く水を掻く。

（グレース様……!!）

遠く、ボートに巻き込まれるようにしてグレースが沈んでいくのが見えた。深く、暗い、水底へ。ここで助けられなければもろとも闇《やみ》に沈んでしまう。彼女の命も、彼女の国も、彼女が交わした約束さえも。

カレンは懸命に手を伸ばす。指先がただよう気泡をつかむ。

（もう少し！）

指が触れた。グレースの手首をつかんだカレンは、体を反転させるなりボートに足をかける。グレースの体をボートから引き剥《は》がして左腕にかかえ、船底を力強く蹴って右腕で水を掻いた。

遠い湖面は、キラキラと差し込む光で出口がそこであることを示すように輝いている。思った以上に深くもぐっていることに恐怖を覚えながら、それでもカレンはがむしゃらに泳いだ。

空気が足りない。耳の奥に心臓が移ってきたかのようにドクドクと音をたてる。意識が遠退《とおの》く。

それでも歯を食いしばった。

指が湖面に触れた直後、カレンは一気に浮上した。大きく息を吸い込んで肺を新鮮な空気で満たし、呼吸が整う前に湖畔に向かって泳ぎ出す。

高貴な身分にふさわしくないほどヴィクトリアは取り乱していた。集まってきた使用人たちが毛布で彼女の体を包み心配そうにカレンを見ていた。

「屋敷に行けって、言ったのに、言うことを聞かない人ね」

こんな状況なのに苦笑が漏れた。もう手足を動かしている感覚もおぼろげなのに、本能だけで湖畔を目指していた。男の使用人たちが何人か湖に飛び込んでグレースの救助に手を貸してくれた。

「グレース様！　グレース様!!　しっかりなさって！」

息もなくぐったりと横たわるグレースの肩を揺すってヴィクトリアが叫ぶ。疲弊して座り込んだカレンは、残った力を振り絞って立ち上がった。

「どいてください。蘇生《そせい》させます」

悲しみに暮れる使用人たちを押しのけ、青白く横たわるグレースの隣にひざまずく。

(グレース様が溺れてから何分たった？　二分？　三分？　いえ、それ以上だわ。でも、この水温なら、沈む前に気を失ってくれているなら、いけるはず……!!)

右手をきつく握り、左手を添え、グレースの心臓の位置を確かめ強く押す。繰り返し、一定のリズムを刻みながら。ときおり鼻をつまんで口移しで直接空気を送り込み、再び心臓を強く押す。誰もが固唾《かたず》を呑《の》んで見守る中、やがて、グレースが水を吐き出し、大きくあえいだ。

「グレース様は!?」

わっと辺りが沸いた。

呼吸が戻ったのを確かめ、カレンはその場に座り込んだ。

「あー、疲れた」

侍女のつぶやきを聞いて、ヴィクトリアは目尻《めじり》に溜《た》まった涙をぬぐいながら笑った。

4

屋敷に戻ると浴場が準備されていた。ヴィクトリアの両親が「ぜひ使ってくれ」と、熟練の使用人を五人もよこしてくれた。けれど、厚意に甘えるわけにはいかない。カレンは彼女たちに丁寧に礼を言ったあと、仕事に戻るよう頼んで脱衣所から追い出し、ほっと息をついた。

小さな桶《おけ》での湯浴《あ》みとは違い、浴場を使用するとき使用人は湯着《ゆぎ》を身につける。が、今日はないので下着のまま浴室に入ることになった。

「――お前も湯船に浸《つ》かりなさい。風邪《かぜ》をひくわよ」

「私はあとで湯をいただければそれで……」

断ろうとしたら、おもむろに手桶で湯をすくったグレースが、カレンの頭の上でそれをひっくり返した。湯が触れた場所がじんじんと痺《しび》れ出す。さらにもう一杯かけようとするグレースに、カレンはあっさりと降参した。

「お供します」

「わかればいいのよ」

腰に手をやって胸を張り、ふんっと息をついて納得している。

（な、なんでこんなときだけ男らしいの……）

ぐったりしながらもこそこそと下着を脱ぐ。こんなところを第三者に見られたらどんな噂が立つか——考えるだけで恐ろしいが、今はグレースの体をあたためるのが最優先と手桶をつかんだ。

「あら、やる気？」

「違います。ゆっくり湯に慣らさないと、グレース様の体はまだ……ぶはっ」

グレースが振り回した手桶の湯がカレンの顔面を襲う。カレンは咳《せ》き込んだあと、無言で手桶に湯をすくった。

「ふふふ、油断したわね。きゃっ」

カレンは遠慮なくグレースの顔面に湯をお見舞いした。するとグレースも負けじと湯を手桶いっぱいに入れて振り回した。素早くよけて二杯目をお見舞いする。

「卑怯《ひきょう》よ！」

「おあいこですよ、グレース様」

湯をかけ合ってきゃっきゃと遊んでいたら、体がじんわりあたたまってきた。そろそろ湯船に浸かってもいい頃――そう思ったら、前触れなく浴室のドアが開いた。

「楽しそうですわね。ご一緒してよろしくて？」

神々《こうごう》しいまでの裸体をさらすヴィクトリアに、カレンとグレースが手桶を持ったまま硬直した。

「驚きまして？　侍女を皆断ったとうかがったので、わたくしがお手伝いに参りましたのよ。

カレン、先ほどは本当に助かりました、感謝、し、ま……!?」

びたっとヴィクトリアの動きが止まった。

「え……グレース様？　え？　え？　その、それは、ど、ど、どういうことですの――!?」

上を見て、下を見て、ヴィクトリアは悲鳴をあげる。カレンは手桶を投げ捨てヴィクトリアの口を塞いだ。暴れるかと思いきや、ヴィクトリアはそのまま気を失ってしまった。

（金髪に正体がばれずにすんだのに、まさかヴィクトリア様にバレるなんて……!!）

愕然《がくぜん》と立ち尽くすグレースに気づき、カレンは唇を噛《か》みしめる。

（誤魔化さないと。ここは、どんな手段を使ってでも隠蔽《いんぺい》しないと）

カレンは青ざめながら気絶するヴィクトリアを見つめた。


「ヴィクトリア様、しっかりなさってください。どうされたんですか？」

脱衣所までヴィクトリアを引きずっていったカレンは、濡れた下着を身につけてから彼女に声をかけた。

(シナリオはこうよ。ヴィクトリア様は湖に落ちたせいで脳の血流が悪くなっていた。浴場のあたたまった空気で急激に血流が改善され、そして気を失った。つまり、さっき見たものは全部幻覚……!!)

ヴィクトリアがどう言おうともそれで押し切り、質問される前にお引き取り願う。それが最善だ。

「ヴィクトリア様」

肩をそっと押すと、豊かな胸がゆさゆさと揺れた。

(ほ、本当に、陛下はどうしてこんな魅力的な女性に見向きもせずに……っ!!)

同性であるカレンですら動揺する完璧な肉体――とりあえず、そっと布をかけて隠していると、うめき声とともにヴィクトリアが目を開けた。

「……わたくし……?」

「気がつかれましたか? きっとまだ本調子ではないんですね。突然倒れてしまわれるなんて……グレース様も体調が優れないとおっしゃっていました。ヴィクトリア様も無理はなされず、すぐに部屋でお休みに……」

気遣うように声をかけると、ヴィクトリアは何度か目を瞬いてゆっくりと体を起こした。ぶるっとヴィクトリアの肩が震えた。そう思った直後、彼女は驚くほど素早く立ち上がり、浴室に飛び込んだ。

（ちょ、ちょ、ちょっと待って――!!）

「ヴィクトリア様！」

カレンは悲鳴をあげる。

ヴィクトリアが気絶した時点でグレースを部屋に連れていくべきだった。だが、彼女の体はまだ冷えていて、体調を崩すことなど目に見えていた。そのため、グレースを浴室に残し、カレンは脱衣所でヴィクトリアを押しとどめるつもりでいた。

それが、思いがけない動きに対応が遅れた。

目を爛々と輝かせたヴィクトリアは、湯船に浸かったまま硬直するグレースの前に立っていた。

「そういうことだったのですわね！」

ヴィクトリアは叫んだ。

「ヒューゴ様がわたくしのわがままに寛容だったのは、性癖も加味したうえでの判断でしたのね！　わたくし理解いたしましたわ！」

なにが、と、カレンは胸中で問いかけた。

「ヒューゴ様は薔薇伯《ばらはく》だったのですわね!!」

鼻息荒く語るヴィクトリアに、驚愕に固まっていたグレースがそろりと口を開いた。

「ヒューゴ様は太陽王よ？　薔薇伯なんて二つ名、聞いたことがないわ」

　ヴィクトリアは興奮のまま首を横にふった。

「違いますわ、グレース様。薔薇伯は個人を示す名ではなく、ある条件を満たした殿方の総称ですのよ」

「総称？」

「ええ。大衆娯楽で言うところの、男性の同性愛者ということですわ！」

　断言してからはっとしたように口をつぐみ、コホンと咳払いし、呆気にとられるカレンとグレースを見てから言葉を続けた。

「わ、わたくし、教養としてジョン・スミスくらいはたしなんでおりますの」

　まさかこんなところに仲間がいるとは――カレンは目を輝かせた。

「ヴィクトリア様もジョン・スミスをお読みですか？　私もです。ジョン・スミスは私の愛読書、いいえ、生きる糧《かて》なんです！」

　ヴィクトリアの笑顔が弾《はじ》けた。

「まあ、あなたもなの？　貴族にふさわしくないと使用人しか読んでいなくて、なかなかお話できる方がいなかったの。嬉しいわ！　わたくし、セバスチャンとニコルの秘めたる恋に心から感銘を受けたのですわ！」

（ん？）

「ずっとアンソニーに想いを寄せていたセバスチャンが、恋に破れ、激しく傷つくことで自暴《じぼう》自棄《じき》になる！　そんな彼をそっと支える健気《けなげ》なニコル!!」

（んんん？？）

「お互いに惹《ひ》かれながら素直になれず、傷つきながらも離れられないなんて……素敵……!!」

「あの、今、男の人の名前しか出てきていない気が」

「ええ。ですから、薔薇ですもの」

「薔薇ってそういう意味ですか！」

「そういう意味ですのよ。お嫌い？」

「い、いえ」

（そういえば、本屋のマジョリーさんもセバスチャンとニコルの恋をめちゃくちゃ応援してたわ……!!）

手も繋《つな》げない関係がいいらしい。

「そうでしたの……ヒューゴ様もそんな切ない思いを……」

（いや全然違うような）

そもそも作中のセバスチャンはもっと飄々《ひょうひょう》としたキャラで、毒舌で、イヤミっぽくて、でも傷つきやすいという面倒くさい性格だ。

「応援いたしますわ、グレース様！」

呆気にとられるグレースの手を、ヴィクトリアがぎゅっとつかむ。即座にグレースがふりほどいた。

「応援？　恨んでいるんじゃないの？」

刺々《とげとげ》しいグレースにヴィクトリアは複雑な顔で笑い、手桶で湯を体にかけてから湯船に浸かった。

「カレンもいらっしゃいな。風邪をひいてしまいますわ」

ヴィクトリアの指摘でカレンはようやく自分が鳥肌を立てていることに気づいた。迷ったが脱衣所で下着を脱ぎ、ヴィクトリアを真似《まね》るように湯をかぶってそろりと湯に浸かった。じんわりと熱が体に馴染《なじ》んでいく。

そのまま湯に沈みたくなるくらい心地いい。

「本来であれば、わたくしとヒューゴ様の結婚は二年も前——ヒューゴ様が二十一歳、わたくしが十七歳のときに執《と》り行われる予定だったことはご存じ？」

ヴィクトリアの問いにカレンは戸惑った。成婚が遅れたのは、国民なら誰もが知る事実だ。

グレースに視線で問われ、カレンはうなずいた。

「陛下の気まぐれで延期になったという噂が……」

「そうですわね。二年も許婚を放置したあげくに小国の姫を娶《めと》ったひどい男——令嬢たちは誰もがわたくしに同情的だったわ。結婚を拒んだのはわたくしだというのに、ヒューゴ様は弁解一つせず、悪者になってくださった」

「……あの噂《うわさ》は、嘘だったんですか？」

「王妃になるには、わたくしの覚悟が足らなかったのですわ。重責を考えると息苦しくて、身動きが取れなくて、留学と偽《いつわ》っては何度も海外に逃げて――見かねたヒューゴ様が、姉上様が産んだ子を後継者にするから心配するなと、そうおっしゃってくださって」

――だから。

カレンはようやく合点がいった。姉の子を後継者にする計画は、もともとヒューゴの中にあったのだ。だからグレースを王妃に迎えたときも、驚くほどあっさりと後継者問題に対する考えをカレンに伝えたのだろう。

（本当に、なんて包容力）

許婚の名誉に傷がつかないよう、ヒューゴは口を閉ざした。王としては問題のある行動だが、男としては素直に格好いいと思えてしまう。

「わたくしは卑怯な自分が情けなくて……グレース様との結婚も、もしや重大ななにかがあったのではとおうかがいしたのにお答えいただけないし、そもそもわたくしのわがままで結婚が先延ばしになった上での小国の姫《グレース様》との成婚で、それが唐突すぎて心配で……っ」

令嬢たちの手前、ヴィクトリアも立ち回り方にはだいぶ苦労したらしい。両手を見つめながらぶるぶる震える姿から、憂慮や困惑がにじみ出ていた。

「ですが、わたくし、理解いたしましたわ！」

ぐっと拳を握るなり語調が変わった。

「ヒューゴ様は運命の相手に出会われたのですわね！　薔薇伯愛好家の名にかけて、わたくし、ヒューゴ様とグレース様を陰となり日向《ひなた》となりお助けいたしますわ！　そして、近くで！　誰よりも近くで、お二人の友人としてお二人を見守りとうございます！」

どうやら目的としてはそっちのほうが比重が大きいらしい。いい話が台無しだ。

「カレン！　あなたもわたくしの親友ですのよ！」

（巻き込まれた――!!）

ひいっと胸中で悲鳴をあげていると、グレースがいきなりカレンを抱きしめてきた。

「だ、だめよ。カレンは私の親友なのだから！」

（なぜそこで対抗するの、グレース様!?）

「では、わたくしたち、無二の親友ですわね！」

きゃっとはしゃぎつつ、ヴィクトリアがグレースごとカレンを抱きしめた。


体を十分にあたため浴室から出ると、脱衣所にドレスが三着用意されていた。誰でも着られるようゆるく作られたフリーサイズの部屋着に近いドレスだった。

「一着はカレンのためのものですわ。命の恩人なのですもの、これくらい当然ですわよ」

ドレスを見て固まっているとヴィクトリアがそう話しかけてきた。そんな大げさな、とは言えない状況だったのは確かだ。水温は低く、救助が遅れれば低体温で意識を失い水中に沈んでいただろう。もっとも、その低体温のおかげで血流が減って酸素の消費も少なくなり、長く水中にいたグレースに後遺症のようなものが出ることもなく助かったわけだが。

（溺れた人を助けた経験が役に立ってよかった。実践に勝るものなしだわ。でも、グレース様たちと同じドレスを着るのは……）

カレンが躊躇っていると、ヴィクトリアが熱心にすすめてきた。他に着替えるものもなく、カレンは恐縮しながらも彼女たちと同じドレスをまとうことになった。胸の下でリボンを結ぶかわいらしいデザインにちょっと浮かれたカレンは、同じドレスなのにグレースは清楚《せいそ》に、ヴィクトリアは官能的になることに驚倒した。

「お二人とも、よくお似合いですわ」

誰よりも似合っているヴィクトリアが〝おそろいの服〟に気を良くし、かわいらしくほくほくと笑っている。

茶髪の令嬢が「こちらです」と先導し、カレンたちは応接室へと案内された。

中にはいつも突っかかってきた令嬢たちが待ち構えていた。不意打ちに身構えかける体を、カレンはすんでで押しとどめた。そんなカレンに令嬢たちが深々と一礼した。

一歩前に出たのは、カレンが助けた金髪の令嬢だ。

「数々の非礼をお詫《わ》びいたします、カレン様」

「……様……？」

　金髪の言葉にカレンは当惑する。

「あなたがいなかったら、わたくし、きっと死んでおりました。浅慮《せんりょ》で危険なおこないをしたわたくしを助けてくださったあなたに、なんとお詫びしていいか……!!」

　恐怖を思い出したのか、令嬢は真っ青になって震え出した。

「私こそ、溺れるまで待って、怖い思いをさせてしまってごめんなさい。昔一度、錯乱した人にしがみつかれて一緒に沈んだことがあったんです。近くに人がいたから助かったけど、すごく叱られました。泳ぎの達人だってしがみつかれたら溺れるから、安易に近づくなって」

　こくりとつばを飲み込む金髪に、カレンは言葉を続けた。

「グレース様とヴィクトリア様を残して、私は沈むわけにはいかなかったんです。だから、確実に助かる方法を選びました。ごめんなさい」

「い、いいえ。当然のことでした。――わたくしを、見捨ててもよかったのに」

「全員助けられるって、私はそう確信していましたから」

　グレースがボートごと沈んだときには生きた心地がしなかったが、誰かを見捨てるという選択肢は、あのときのカレンにはなかった。

「それより、高価なボートを引き上げることができず申し訳ありません」

カレンが謝罪するとヴィクトリアがおかしそうに笑った。

「お父さまの趣味だったのですけれど、前々からあの装飾はどうかと思っていたんですのよ。これを機に、普通のボートに変えることでしょう」

そう告げたヴィクトリアに椅子をすすめられ、一度は断るもののグレースにまで座るよう命じられ、王妃と王の元許婚のつくテーブルに、カレンは小さくなって腰かけた。

「それで、罰は」

金髪がおずおずと尋ねてきて、カレンはきょとんとした。グレースをうかがい見たが、この件に関してはカレンに一任すると決めたらしく黙ったままだった。

（今までされてきたことを含めて考えればなにかしたほうがいいんだろうけど無理難題《むりなんだい》をふっかけて鬱憤《うっぷん》を晴らすより実《じつ》を取ったほうがいい。

となると、選択肢は一つ。

「私はただの侍女です。罰を求めているなら、おいしいお茶を飲むという最高の贅沢をさせていただけると嬉しいです」

「よ、喜んで、カレン様！　すぐ用意いたしますわ！　お待ちになって」

ぱあっと広がる金髪もといロザリアーナの笑顔と、手に手を取って感動する令嬢の姿を見て、もう嫌がらせもなくなるだろうとカレンは密《ひそ》かに胸を撫で下ろす。

しばらくするとロザリアーナたちがティーセットとともに戻ってきた。「最近、巷《ちまた》で流行《はや》っている飲み方ですのよ」と酒瓶まで用意されている。

「お茶の中にお酒を少し入れると香りに深みが出て、飲み口も変わって、とても楽しめるのですわ」

説明しながらロザリアーナがお茶を淹れる。さすが上級侍女と感動するほど所作が美しく、カレンは驚き見入った。

けれど、ロザリアーナがお茶の中に酒を入れた瞬間、ぎょっとした。

（え……ちょっと待って⁉　なにこのにおい⁉）

馴染みのあるにおいだ。カレンは、「失礼します」と断って酒瓶をつかむと、手であおってにおいを確かめ瞠目《どうもく》した。間違いない。経口摂取だろうと吸引だろうと、有毒と判断せざるを得ない類のにおいが混じり込んでいる。

「カレン？　どうかしたの？」

グレースに問われ、カレンはこくりとつばを飲み込んだ。

「あの……大変申し上げにくいのですが、このお酒、人体には大変有害かと」

「どういうこと？」

重ねて問われ、カレンはそっと告げた。

「――私が愛用する燻煙剤と同じにおいがします」

第六章　覆面作家は神出鬼没のようですよ！

1

ヒューゴの前には瓶が二本並んでいた。

一本は、時間を見つけては城を抜け出し、ようやく接触できた売人が持っていた密造酒。

もう一本は、カレンが持ってきた〝巷《ちまた》で流行《はや》っているお茶に入れる酒〟。

瓶の形も、貼《は》られたラベルも、まったく同じ二本の酒瓶。

「……ヴィクトリアの屋敷に行っていたと聞いていたが、それにしては奇妙な土産《みやげ》だな」

ヴィクトリアの持つ別荘にグレースが招待されたと知ったときは、彼女の人となりを知ってはいてもさすがに慌てた。さらに慌てたのは、舟遊びの事故でグレースが死にかけたという報告で、カレンの活躍で事なきを得たというものだった。

帰城の一報は会議中にきて、それからしばらくして主治医であるダドリー・ダレルからグレースに後遺症がないという報告が入りヒューゴは胸を撫《な》で下ろした。会議が終わってサインが必要な書類を大急ぎで確認したあとグレースの部屋に向かおうとしたら、カレンが酒瓶を持って王の執務室に訪れたのだ。

平時と変わらぬカレンに安堵《あんど》し衝動的に抱きしめかけ、酒瓶を見せられてわれに返った。

そして、二本の酒瓶を前に状況を尋ねようとしていたところに宮廷医長がやってきた。

「陛下、グレース様の体調に関して詳細な報告ですが――おお、そこにいるのはカレン・アンダーソンではないか！　私に筋繊維の提供がしたくなったか！　献体も受けつけているぞ！」

「どちらも遠慮します」

「なぜだ。少しくらいいいじゃないか」

薬の知識も手術の腕も国宝級である宮廷医長ダドリー・ダレルは性格がどうにも破綻《はたん》気味で、好みの体を見ると全力で口説きにいく。そのためカレンが警戒しているらしい。

「カレン、少しわけてやると納得――いや、なんでもない」

本気ですか!?　という顔で見られたので、ヒューゴは言葉を引っ込めた。

「それで、この〝土産〟は？」

「ヴィクトリア様のお屋敷にあったものです。……す、少し、気になるにおいがしていたので、いただいてきました。あの……なぜ同じものがここに？」

「――密造酒だ。粗悪品で、健康被害はないが常習性が高く……」

「健康被害がないんですか!?　あ……申し訳ありません。いやなにおいがしたので、誤飲したら死ぬのかと思ってしまって」

「毒となる成分は入っていない」

　ヒューゴが告げるとカレンはほっと息をつき、次いではっと目を見開いた。

「陛下が探していた〝お酒〟は、もしかしてこれのことですか？」

　城を抜け出して情報を集めていたとき詳細はすべて伏せた。だからカレンは、ヒューゴがどんな酒をなぜ探しているかわからなかったはずだ。けれど、確証を持って尋ねられてしまった。

「なかなか厄介な代物で、売人の身辺を洗っているが、いまだしっぽすらつかめない」

　カレンがこくりとつばを飲み込み、こっそりと宮廷医長をうかがい見た。視線に気づいて揉《も》み手をする宮廷医長におののいたあと、ヒューゴに視線を戻す。

「もう一つ、報告がございます」

「なんだ？」

「――ヴィクトリア様に、グレース様の正体が知られてしまいました」

　よりによって彼女か。苦痛なくして生きられない、そんな星の下に生まれたのだろうか。

「つくづく運の悪い娘だな。許婚《いいなずけ》という足かせがはずれたとたん、これとは」

「ですが！」

　鋭い言葉にヒューゴは口を閉じる。

「問題はございません。私とグレース様は、ヴィクトリア様の友人になりました。親友です。

陛下とグレース様を支えてくださると、ヴィクトリア様はそう約束してくださいました。ですから、陛下が手をくだされる必要はございません」

「……親友？」

「はい。大親友です。伯爵や子爵の令嬢の皆様もお友だちです。なんの問題もありません」

修道院に入れて一生外に出さないようにする、それが今できる最大の譲歩だと思っていたが、どうやらカレンが先手を打ったらしい。これで何度目だろう、と、ヒューゴは思案する。彼女が現状を変えていくのを見るのは。

カレンを〝田舎者《いなか》〟と甘く見れば、その行動力に圧倒される。

「厨房《ちゅうぼう》のトラブルも自力で解決したらしいな」

「厨房？　掃除はしましたけど、それ以外はなにもしていません」

「……掃除だけか？」

夜中、厨房を覗《のぞ》くたびにカレンは違うことをしていた。泣き崩れていたのははじめの頃《ころ》だけ。気づけば彼女は、道具一つひとつに目を輝かせ、宝物を扱うように手に取って棚に収めていっていた。その様子は崇高《すうこう》な儀式に似ていた。

「と……特別に調合した燻煙《くんえん》剤を連続で使用して不快虫を滅尽《めつじん》、鍋《なべ》を磨き終わったので道具を並べ直し、最近は包丁を研《と》いでいますが……あの、なにか問題が？」

ビクビクと尋ねられてヒューゴが吹き出すと、カレンは戸惑いの表情を浮かべた。

「厨房に虫は大敵だ。それが一切出なくなったと料理人たちはいたく感謝していた。器具も使いやすく整理整頓《せいとん》してあるし、道具の手入れも業者並みだと総料理長が褒めちぎっていた」

カレンはほっと小さく息をついた。

「大切な道具を勝手に触るなと叱《しか》られるかと思いました。……もしかして最近、厨房の上がり時間が早いのは気を使ってくださったんでしょうか。皆さんいっせいに帰ってくれるので、掃除の時間が早めに取れて助かっていました。食事もおいしくなったんです！」

「――最近、町を歩き回ったか？」

ヒューゴが唐突に話を変えたせいでカレンが首をかしげた。

「いえ、トン・ブーの散歩のため敷地内を歩く程度です。ヴィクトリア様のお屋敷は町からはずれていましたし……」

「お前が考案したドレスが王都中で噂《うわさ》になっているらしい」

「考案ですか？　私はなにも……」

「コルセットをやめて、胸の飾りで体型をカバーするやつだ」

「お胸が慎ましい方用のドレスですね」

ぱっとカレンの表情が明るくなった。直後、淑女のように目を伏せた。

「楽でかわいらしいと流行の兆しだ」

ヒューゴが告げると、カレンの表情がまたぱっと明るくなった。

「コルセットは魅力的ですけれど、締めつけると血流が悪くなるのでやらないほうがいいと思っていました。やっぱり皆様わかってらっしゃる！」

興奮のあまり素が出はじめている。

「それから、タナン村に綿花工場ができる話も持ち上がったとか」

「ようやく世界があのよさに気づいたんですね。綿花はタナン村の自慢の一つなんです。仕立屋さんにおすすめした甲斐《かい》がありました！」

無邪気すぎるカレンの反応に、思わず口元がほころんだ。

「お前は自分の功績を、何一つ自分のものと考えないのだな」

「結果としてみんなが受け入れただけで、もともとのよさはちゃんとそこにありました。ただそれだけのことです」

「――なるほど、お前は本質を見極めるのか。恐ろしい女だな」

これはうかうかしていられない――そう思ったら、つい本音が口をついた。おかげでカレンが固まっている。

「わ、私への評価は、〝面白い〟というものだったと記憶していますが」

「興味深いと言ってるんだ。これでも褒めているつもりだが。……そういえば、一つだけ気になることがある。レオネルに言い寄って捨てられたというのは本当か？」

レオネルは否定したが、誰《だれ》にでも無防備に接するのではないかと不安になった。トン・ブーの散歩のとき、何度か男と親しげにしているのを見かけこっそり調べさせたりもしたが、もう少し警戒する範囲を広げる必要があるかもしれない。

真剣に思案するヒューゴを見て、カレンは困惑気味に口を開いた。

「宰相さんに捨てられた記憶はないので、私以外の人なのでは」

では、一緒に散歩する男のことはどう思っているのか――問い詰める寸前で理性が働き、ヒューゴは「わかった」とうなずいてカレンを下がらせた。

悶々《もんもん》と考え込んでいる途中で視線を感じて顔を上げる。

「――なんだ、まだいたのか」

部屋の隅に、ダドリー・ダレルがニヤニヤ笑いで立っていた。あまりにも粘っこく笑うので不愉快になって「なんだ」とぞんざいに尋ねる。

「いえ、陛下が〝人〟に興味を持つのは珍しいと思いまして」

「〝人〟には興味があるぞ」

もとより〝人〟を観察するのが仕事だ。なにを言い出すのかと眉《まゆ》をひそめると、宮廷医長は狡猾《こうかつ》に目を細めた。

「あなたは私の外科的な技術に興味がある。薬の知識に興味がある。研究成果にも興味がある。だが、私生活には興味がない。私が休日、寝ていようと犯罪すれすれのことをしていようとどうでもいい。あなたは他者の努力、能力、その成果を高く評価する一方で、それ以外にはまるで興味がないんです。だから寛容だ。興味があるもの以外、あなたにとっては〝ない〟も同然なのだから。人なんて、しょせん魂の容《い》れ物にすぎないとお思いでしょう？　さすが、太陽王と言われるお方だ。人々を等しく照らす一方で、近づきすぎれば焼き殺してしまうのだから」

　意外だ。こんなふうに言い当てられたのははじめてだ。

「──俺《おれ》にそこまで暴言を吐ける人間は珍しい」

「陛下が貪欲《どんよく》な性格なのは見ればわかりますよ。ほしいものはどんな手段を使っても手に入れる。あなたにひざまずかない人間はいない」

「なにか不満か？」

「とんでもない」

　宮廷医長はにっこりと微笑《ほほえ》んで執務室から出ていった。

　ヒューゴは息をつき、引き出しから紙の束を取り出す。それはカレンが路地裏で〝奪われた〟首飾りに関する報告書だった。レオネルに調べさせているが思った以上に足取りをたどるのが困難らしくいまだ成果が得られない。首飾りの持ち主であった父親のことをカレンに直接尋ねてみても、どうにもしっくりこない。

　ヒューゴは紙の束を引き出しに戻し、深く息をついてから締め切りが近い仕事に集中した。どれくらい時間がたったか、小さく聞こえてきた女の声に顔を上げた。軽く肩を回し、背伸びをし、仕事の進み具合を確認してから立ち上がる。

　何気なく窓に向かうと人影が見えた。

——毎日、ほとんど毎日、その窓から見える光景がある。同じことをやっているのに同じに見えない光景。日々変わっていく姿。

「いい？　トン・ブーは王妃様の愛玩動物《ペット》なのだから毅然《きぜん》としていないとだめよ。行儀よく私の隣を歩きなさい。私が止まったらお前も止まる。間違っても花壇の花を……ああ！」

白い巨体が花を見るなり走り出し、赤い紐《ひも》を手にしたカレンが悲鳴をあげる。トン・ブーは花壇に顔を突っ込んで、いつも通り、否、いつもより激しく花壇を食い荒らしている。

「豪快だな。庭師が興奮しそうだ」

昨日散歩に行けなかったことの抗議のようだ。ヒューゴは苦笑し、窓を開けた。カレンがなにかに気づいて足を止める。まさかまたあの男か——そう警戒したが、カレンが見つめる先にいたのは、見事な金髪を風になびかせる女だった。

「金髪、じゃなくて、ええっと……」

「もう、カレン様ったら！　金髪という愛称も捨てがたいですが、わたくしのことはロザリアーナとお呼びくださいませ。カレン様は家畜の散歩ですの？　わたくし先ほど登城したのですけれど、時間があるのでお手伝いいたしましょうか？」

失礼な呼び方を軽く流してイーストン家の末娘が微笑んでいる。確か、カレンに絡んでいた筆頭だ。報告通りすっかり慕われているらしい。

「紐を貸してくださいませ」

きゃっきゃとロザリアーナが手を出すと、トン・ブーが頭を下げ前脚で地面を掻《か》いた。

「ぶひっ」

次の瞬間、トン・ブーは軽《かろ》やかに地面を蹴《け》ってロザリアーナに突進した。

「ぎゃー!! なんですのこのブタ! ブタの分際で!! 食用家畜の分際でー!!」

「金髪! 取り消して! トン・ブーは頭がいいの! 悪口はちゃんと理解してるの!!」

カレンが訴えるもののロザリアーナの耳には届かない。スカートをたくし上げ、悲鳴とともに駆け回っている。

「カレン様、助けて!」

名を呼ばれたカレンは、手から紐がなくなっていることに気づいて逃げ惑うロザリアーナとトン・ブーを追いかけた。花壇を飛び越え、枝の下をくぐり抜け、賑《にぎ》やかな追いかけっこがはじまる。人が来たときだけぴたりと動きが止まるのが面白い。

「困ったな」

ヒューゴはつぶやく。

宮廷医長が言ったことは本当だ。あの行動力、勘のよさ、なにより予測できない性格が、ヒューゴの好奇心をくすぐるのだ。そばに置きたい。次はなにをするのか見てみたい。

そう、はじめは共感や同情、好奇心という単純な感情だったのだ。

ヒューゴは口を押さえ、目を細めた。

「ほしくなってしまう」

2

金髪ことロザリアーナと賑やかな散歩を終えてトン・ブーを満足させたあと、カレンは少し自由時間をもらうことになった。グレースの温情だ。自分も休むからカレンも少し休め、ということらしい。

この機を逃《のが》してはならないと、カレンは意気揚々《いきようよう》と部屋を出た。

そして気づいてしまった。カレンを見るなりこそこそと話し合う使用人たちに。ヒューゴの指摘通り、噂になっているらしい。カレンがレオネルに失恋したのだと。

(誰と勘違いしてるのかしら。私、宰相さんとはそんなに会ってないのに……そうよ、原稿！ジョン・スミス疑惑もまだ解決してないわ！　憧《あこが》れの作家に近づく好機！)

お茶会へ誘われて中断していた案件である。今必要なのは情報だ。おしゃべりに興じる侍女たちに交じり、カレンはレオネルの話をふる。

さすが話題の人物とあって、すぐにいろいろ聞き出せた。

(宰相閣下ことレオネル・クルス・クレス。宰相の家系であるクレス家の出で、浮ついた話が一切ない……!!)

恋人も親しい友人もいない、飲酒もしない、ギャンブルもしない。それはなぜかと問われたら、仕事に支障が出るかららしい。生涯《しょうがい》結婚もしないと誓いを立てたという噂もあり、〝言い寄った田舎娘〟がとくに悪目立ちしてしまったのだ。

「クレス家は先代が女に狂って蒸発したせいで、しわ寄せがレオネル様にいっちゃったのよね。レオネル様は宦官《かんがん》だって噂もあるくらいだし」

「……か、宦官というのは、東の国の後宮にいるという、去勢された官吏《かんり》では」

「あら、よく知ってるわね」

ジョン・スミスの著書に出てきた役職だ。胃痛で倒れる人には過酷すぎる。しかも宰相家はレオネルに、名誉と実績だけを胸に墓に入れという狂気の指導をしたと噂だった。思考も嗜好《しこう》もねじ曲がって然《しか》るべき環境だ。

(創作活動は抑圧された性のはけ口なのね⁉　だからあんな乙女《おとめ》の心をガッチガチにつかむ大恋愛を書いているわけね⁉)

伴侶《はんりょ》を得られない寂しさを物語にぶつけた――なるほど、すっきりする。おおかたヒューゴは恋愛とは無縁のレオネルが創作で暴走しないように調整してくれているのだろう。

(合点《がてん》がいったわ!)

宰相と王の密会の全容をつかんでカレンはうなずいた。

「ところであなた、新人……あら?」

話を聞けば長居する必要はない。カレンは侍女たちから離れ、脇目《わきめ》もふらずに歩き出した。たどり着いたのは宰相の執務室が一望できる空き部屋だ。書類の山に黙々と目を通すレオネルのもとに、ときおり伝令らしき男が現われてはなにか報告する。するとそのたびにレオネルの顔色が悪くなった。

（まだ帝国と揉《も》めてるのかしら。……あ、力尽きた。ご愁傷《しゅうしょう》様です）

一人になったとたん机に突っ伏したレオネルがしきりと腹をさすっている。胃が痛いのかもしれない。なにか差し入れようか。胃に優しいお茶なら少しは楽になるのではないか――心配していると、背後で物音がした。はっと振り返ると、厨房の友ジャック・マーロンが書類の束をかかえて立っていた。

「え？　わ、カレン!?　どうしてここに!?」

空き部屋に、まさか人がいるとは思ってなかったのだろう。

（へ、変なところ見られた……!!）

窓に貼り付いている時点で言い訳もできない。が、一応、言い訳をこころみた。

「いい天気だから、ちょっと景色《けしき》を楽しんでたの。故郷にはこんなに高い建物はなかったから」

「いい天気？」

曇天《どんてん》だった。

「えーっと。……あの、ちょっと宰相さんのことが気になって」

「宰相って……レオネル様？　気になるって……あ、ここから執務室が見えるんだ」

めざとく気づかれてしまった。ずいっと窓を覗き込むジャックにカレンの目が泳ぐ。

（これでまた変な噂が広まったらどうしよう。田舎娘があきらめきれずに盗み見てるとか、追い打ちで宰相さんに迷惑をかけて寝込んじゃうんじゃ……）

「ジャック！　お願い、このことは内緒にして！」

「それは……まあ、構わないけど」

ジャックはカレンをちらりと見てから宰相の執務室に視線を戻した。

「レオネル様は仕事？　前に陛下と密談してるって言ってたけど……」

「それについてはまだ調査中なの。本人に直接訊《き》くわけにもいかないし」

「協力しようか？」

思いがけない提案にカレンは目をぱちくりさせる。

「え……いいの？」

「乗りかかった船だしね」

笑いながら片目をつぶる彼は救世主のようだった。

（ほ、本当にこの人、私に気があるんじゃないの!?　親切だし！　いつも話しかけてくれるし、今日も助けてくれる気でいるし……!!）

恋の季節が到来しているのかもしれない。一瞬――ほんの一瞬だけ、脳裏にヒューゴの姿がよみがえり、胸の奥が鈍く痛んだ。

（優しくしてくださるけど、陛下は違うわ。ただの気まぐれよ。だから、意識しちゃだめ）

　動揺を殺して笑顔を作る。

「ありがとう、ジャック。でも、仕事は大丈夫？　っていうか、どうしてこの部屋に？」

　今ごろそんなことを尋ねるカレンが面白かったのか、ジャックは苦笑とともに帳簿を持ち上げた。

「これを運んでほしいって言われたんだよ」

「空き部屋に？」

「そうなんだよ。なんでここを指定したんだろう？」

（……まさか私と親しくしてるから嫌がらせされてるなんてこと……ないよね？）

　料理人であるジャックが荷物運びを押しつけられるのを見て不安になった。階段をいくつも上がってようやくたどり着ける空き部屋を指定するなんて悪質すぎる。

（だけどジャックは全然気づいてないみたいだし……）

　あえて指摘していやな気持ちにさせる必要もないだろう。原因がカレンなら、カレンがなんとかするしかない。

「誰に頼まれたの？」

「誰って……名前はわからないよ。訊いてない。侍女だった。金髪の」

思い出しているのか、ジャックがたどたどしく答えた。金髪の侍女。思い当たるのは一人だ。だが、〝金髪〟ことロザリアーナとは仲良くなったはずだ。

（まさか仲良くなったフリだったの？　トン・ブーに追いかけられたこと怒ってる？　それとも、まったくの別人？）

どちらにせよ、ジャックに迷惑をかけるわけにはいかない。

「その書類、私がしまう場所を聞いておくわ」

「え、いいよ。俺が頼まれたんだから」

「私に任せて。ジャックの役に立ちたいの！」

逃げるジャックに驚いてカレンは手を伸ばした。誰よりも早く出勤して準備をし、今も頼まれた仕事を遂行しようと懸命になっている彼は、とても責任感が強いのだろう。

「大丈夫だから、私に……あっ……!!」

指先が書類を弾《はじ》いた。刹那《せつな》、ジャックの手から離れた書類の束が床の上に広がった。

「ご、ごめんなさい!!」

カレンは慌ててその場にしゃがみ、紙をかき集める。紙は台帳だった。びっしりと数字が書かれている。

「国防予算基本管理台帳……？」

（国防？　国を守るためのお金の、台帳……？）

無意識に数字を目で追う。

「カレン？」

動きを止めたカレンを不審に思ったのだろう。ジャックが手元を覗き込んできた。

「どうしたの？」

「――大変だわ」

「大変？」

「これ、数字が間違ってる！」

「……へ？」

悲鳴をあげるカレンに、ジャックが呆気《あっけ》にとられて目を瞬いた。

カレンは台帳をかかえて部屋を飛び出した。

「カレン!?」

ジャックの声が背を追ってきたが、台帳の間違いは命取りなので説明はすべて後回しにした。

〝青の子馬亭〟で、数字を一つ間違えたばかりに一食抜きという大変な罰を受けたことがある

カレンは、真っ青になって階段を駆け下り、渡り廊下を突っ切った。

向かうはただ一ヶ所、たった今遠くから眺めていた宰相レオネルの執務室である。レオネル

の執務室は財務省室の奥にあり、ノックをすると見知らぬ男がカレンを出迎えた。

「宰相さんに話があります」

「面会の約束は？　なければお通しすることはできません」

壁のようにどっしりとした男は、表情一つ変えずにそう言い放った。

「じゃあ予約をお願いします」

「総務部で書類を書いてください。認可がおりれば明日の面会に……」

「奥で仕事をしてるのに、どうして会えないんですか!?」

カレンが悲鳴をあげると、室内で机に向かっていた者たちが顔を上げ、こそこそと話しはじめた。カレンに向けられたのは好奇の目だ。きっと彼らは、玉砕した田舎娘が、宰相閣下をあきらめきれず乗り込んできたと思っているのだろう。

「急用なんです！　気になる数字があるんです！　話だけでも聞いていただけませんか!?」

「だめです。規則ですので」

「そんなこと言ったらずっと会えないじゃないの!!」

絶叫したとき、奥のドアが開いた。好奇の視線がいっせいに奥のドア——執務室から出てきたレオネルに向く。

（き、今日も最高に顔色が悪い……!!）

「お騒がせしてすみません。少しお時間をいただけませんか……？」

さすがに申し訳がなくて、カレンの声も小さくなる。胃の辺りを無意識にさするレオネルは、かすれた声で「なんですか」と尋ねてきた。

「部屋に入ってもいいですか？」

「……どうぞ」

注目が集まる。視線が痛い。カレンは深く息を吸い込んで背筋を伸ばし、部屋に入ると丁寧にドアを閉じ、レオネルの前に移動する。貴人と相対するときのように優雅に一礼し、台帳を差し出した。ちらりとカレンの顔を見てからレオネルが台帳を受け取り中を検《あらた》める。

「……これは、国防予算基本管理台帳ですね」

「はい。ご覧ください、数字が間違ってます。まず、ここ」

軍事演習予算の馬房と弾薬を指さす。

「これだと馬が一万頭、弾薬にいたっては毎秒千発消費されていることになります。練習にこの数字は考えられません。見舞金も一人百万ルクレで計算しても三千人分。極めつけは合計金額の間違いです。……あ、こっちの合計も間違ってますね。ん、これと、これも」

バラバラと紙を抜いていく。

「こっちも違う。これ、どう見てもわざと……あの、聞いてらっしゃいます……？」

ほうけたように立ち尽くすレオネルに、カレンは不安げな視線を向ける。

（ま……まさか、宰相さんが指示してやらせたってオチはないわよね……!?）

大変なものを持ってきてしまったのではないか――そんな不安に固まっていると、わらわらと寄ってきた彼の部下たちも一緒になってほうけた顔になってしまった。

「ま、待ってください。これ、十一桁《けた》あります」

思いがけない指摘にカレンは書類へ視線を落とす。

「……十一桁ですね」

一ヶ月の予算が十五枚の紙に書かれ、上から順に足していくと十一桁になる。さすが国防予算、田舎の宿屋とは桁が違う。カレンはようやくそのことに気づいて感心した。

「本当に暗算したんですか？」

目元が涼やかな女子に念押しされてカレンはうなずく。

「そういえば、十一桁の暗算ははじめてです。でも、数字には強いので、たぶん何桁でも計算できますよ？　足すだけなら簡単ですし」

牧場にいる羊からとれる毛の量をできるだけ正確に算出し、人件費と飼料代、病気の治療代、その他雑費を差し引いた利益率を十分以内に出せ、なんて無茶な計算を日常的にさせられていたカレンにとって、足すだけなら楽勝だ。「その他雑費ってなによ！」と叫んだ日々が懐かしい。

「……ちょっとこれ計算してくれないか？」

眼鏡《めがね》男子がそっと書類を差し出してきた。ざっと目を通して数字を答えると、彼は自分の机に戻って紙を確認し、ゴクリとつばを飲み込んだ。

「あ、あってます」

「こっち！　こっちの計算も!!」

　今度は胸元をレースでふんわり飾った女子に声をかけられた。「これか！　陛下が言ってた流行の兆し!!」と感動しつつ指し示された数字の羅列を足していく。そんなことを何度かしていると、室内の空気がすっかり変わっていった。

　みんなの目がキラッキラだ。

「レオネル様！　この人雇いましょう！」

「ぜひ財務省に！」

「――その人はグレース様の侍女ですよ」

「勿体《もったい》ないです！　いえ、グレース様の侍女が誰にでも務まるとは言いませんけど！　言いませんけど、この驚異的な計算能力！　ほしい……!!」

「雇うか雇わないかはさておき、……国防予算基本管理台帳の件は見過ごせませんね」

「こ、これって横領ですか？」

　カレンがこっそりと尋ねた。金額が大きすぎていまいち実感がないが、国民から徴収した税金が予算として組まれ、帳簿から読み取れる差額が実際に誰かの懐に入っているなら大変なことだ。

　レオネルの表情が険しくなる。

「横領です。本来なら数人が確認を取るところですが、……怠慢があったか組織的かは判断しかねますがね。ところで、どうして気づいたんですか？」

「え？　数字を見て……」

「そうではなく、この台帳をどこから手に入れたんですか？」

「え……っ」

(それはジャックが持ってたもので、ジャックは私のせいで嫌がらせされてて、その嫌がらせをしたのは金髪の侍女で……あれ？　どうして国防予算基本管理台帳なんて特殊なものをわざわざジャックに渡したんだろう？　もしかして、その人も不正に気づいてた……？)

第三者であるジャックに渡し、そこからさらに別の誰かに――レオネルに渡るように仕向けたのだとしたら。

「す、すみません。今はまだ、言えません」

ジャックに確認する必要がある。

カレンは明言を避けてレオネルにそう返した。

3

この頃、グレースの侍女は忙しい。

否、だいたいいつも忙しい。せっせとやっていた厨房の掃除が一段落したらしく睡眠時間は確保しているが、グレースの世話にトン・ブーの散歩、各種習いごとの教室、そのうえ、グレースがお茶会や昼食会、夜会、舞踏会を片っ端から断っているため、謝罪用の花の手配という手間もある。定期的に訪れる宝石商や仕立屋の相手も彼女の仕事で、スケジュール管理も当然仕事の中に入る。公式行事がないのがせめてもの救いだが、そもそも一人でこなせる量ではない。

さらに今は、財務省にも顔を出しているらしい。

「――カレン、しばらく席をはずして構わないわよ。ヴィクトリア様とゆっくりお話ししたいから」

お茶を飲みながら声をかけると、カレンは「かしこまりました」と一礼して部屋から出ていった。残されたのはグレースと、茶菓子持参で遊びに来ていたヴィクトリアである。

王妃と王の元許婚という奇妙な面子でのお茶会になってしまったが致し方ない。

「ますます優雅になりましたわね。所作の美しいこと」

カレンが去ったドアを、ヴィクトリアは感嘆の声とともに見つめた。きっともう、正面切って彼女を批判する人間はいないだろう。

「……あのくらい当然よ。私の侍女なのだから」

「うふふ。そうですわね。一緒にお茶が楽しめないのは残念ですけれど……ところで、陛下も興味津々《きょうみしんしん》のご様子ですのね。お気をつけになって」

ヴィクトリアの警告にグレースは渋面《じゅうめん》になった。

「面白がっていていいの？　あなたは薔薇伯《ばらはく》愛好家なのでしょう」

「つまらない女に引っかかったなら妨害しますけれど、相手はカレンですから」

この辺りの認識はどうやら共有できないものらしい。グレースはますます渋面になる。

「カレンは私のものだと言っているのに」

「あら、独《ひと》り占めはだめですわよ。カレンはわたくしの唯一の読友《よみとも》でもありますのよ。間もなく発売されるジョン・スミスの聖典を読ませ合いっこするのですわ！」

いつの間に聖典に進化したのだろう。第一、カレンは没頭して読むタイプで、和気藹々《わきあいあい》と読書に興じる娘ではないが――。

「……本……」

最近はヒューゴも忙しいらしく以前ほど頻繁に顔を見せなくなった。心配したランスロー伯爵夫人が寝室を一緒にしてはどうかと提案してくるほどだ。時間はある。

「あらあら、グレース様も興味がおありなの？　仲間に入れてさしあげてもよろしくてよ」

「――カレンがどうしてもとすすめるなら読んであげなくもないけれど」

「あらあらあらあら～」

ばさっと扇を開いて口元を隠し、ヴィクトリアは意味深に笑う。ひとしきり笑ったあと、ヴィクトリアは首をかしげた。

「侍女はカレン一人なのに行かせてよかったんですの？　ご不自由でしたら、口の堅い侍女を何人か紹介いたしますけれど」

「必要ないわ」

「そうおっしゃると思っておりましたが……このままカレンを自由にさせていいんですの？」

カレンが通っているのは財務省だ。財務省には宰相のレオネルが詰めている。当然、よくない噂は広まっていく。それはきっとカレンも理解しているだろう。

「本人が必要だと判断したのなら、私は口出ししないわ」

「信頼してらっしゃるのね」

信頼とは少し違う。カレンが動くときは物事が動くときなのだと、グレースはそう確信しているのだ。厨房の職場改善をおこない、気難しいランスロー伯爵夫人や反発していた侍女たちを懐柔し、古典的なドレスに革新を起こし、王都で名をはせる第一線のデザイナーたちを取り込み、あのトン・ブーですらカレンに動かされている。

財務省であるのなら、それはきっと、誰もが無視できない嵐《あらし》になるだろう。

「さんざん見くびってきた城の者たちの鼻を明かしてやるといいわ」

「――カレンがなにをやっているかご存じなの？」

「さあ」

澄ましてお茶を飲む。いつの間にかカップがからっぽだ。気づいたヴィクトリアが優雅に立ち上がり、ポットを手に取った。おいしいお菓子が手に入ったからと訪れた彼女だが、本当はグレースの体を心配して様子を見に来てくれたのだろう。

ここにも一人、カレンに動かされた者がいる。

「もしカレンが社交界デビューを希望しているのなら、レッティア家が後見人になりますわ。娘の命の恩人だと、両親がカレンのことをいたく気に入っておりますの。使用人たちもあの雄姿に胸を打たれたようで大歓迎ですのよ」

「……使用人を先に助けたことをレッティア公爵は――ご両親は、怒っていないの？」

「助かった直後はカレンに感謝し、ロザリアーナが先に救出されたと知って立腹し、主治医に正しい判断だったと諭《さと》され感心していました。イーストン家は長くレッティア家に仕えてきた家系。預かった令嬢を死なせたら信頼関係に亀裂が生じていたでしょう。それに、本来ならグレース様を最優先させるところでしたもの。お父さまが怒るなんて筋違いですわ」

当然とばかりの口調だ。

急速に暗くなる視界に気づき、グレースは胸騒ぎを覚え視線を窓に移す。

暗雲が近づいてきていた。

「あの田舎娘、とうとう財務省に押しかけて宰相閣下に迫ってるらしいわよ！」

「泣いてすがったとか」

「連日、財務省から変な声が聞こえてるらしいぞ……」

移動途中、カレンの耳にそんなささやきが届く。

確実にヤバい集団だと思われている財務省では、今日も大量の書類の突き合わせがおこなわれていた。

「レオネル様、俺たちが変人扱いされてます」

「耐えなさい」

青い顔の部下にレオネルは短く答えた。横領の証拠《しょうこ》を隠されるわけにはいかないので、なにをしているかも内密なのだそうだ。

「このままじゃお嫁にいけません！」

「家名にかけて、ちゃんといいお見合い相手を斡旋《あっせん》するので我慢なさい」

もう五日も体を洗っていないと嘆く部下に対しても、レオネルは容赦がない。

「最近ベッドで寝ていません……」

「……わたしもです……」

ぶるぶる震える部下に、レオネルは力なく笑う。

「世界が黄色くて」

「すぐに慣れますよ」

もうだめな気がした。

(財務省が死んでる！　死人の集団になってるわ!!)

財務省は国中からさまざまな書類が集められる。室内にいるのは十名の精鋭。その彼らの補佐官がそれぞれ二名ないし三名いて、その補佐官たちにも部下が五十名から百名いる、という巨大組織だ。あらゆる数字の宝庫であるがゆえに一度数字が隠れると見つけられなくなってしまう。そんな中から不正を見つけてゆくのだから気の遠くなる話だった。

「カレンさんが希望です！　私たちの屍《しかばね》を乗り越え横領を暴き、必ずや正義の鉄槌《てっつい》を!!」

「血税舐《な》めんなー!!」

「給料増やせー!!」

(……お茶でも淹《い》れよう……)

みんな目が尋常ではない。少し休ませないと仕事の効率も悪くなりそうだ。カレンはお湯をもらいに厨房に行った。

(ジャックは……あれ？　いない？　金髪侍女の話も訊きたかったんだけど……)

残念に思いながらすっかり打ち解けた厨房でお湯をわけてもらい、財務省室に戻ってお茶を淹れる。お茶を配っているとき、机の上に広げられた書類に目が留まった。

「ここ、数字が間違ってます」

指をさすと屍が起き上がった。

「……本当だ……これだ、これ！　ここの数字‼　ああ、なんで気づかなかったんだ！　仮設住宅ってなんだよ！　いつ建てたんだよ！　っていうか計算がおかしいだろうがあああ！」

疲れすぎたのか紙に八つ当たりしている。

「とりあえず、見つかったものだけでもまとめてヒューゴ様に報告しましょう。横領にかかわった人間を拘束《こうそく》するには十分な量でしょうから」

レオネルが声をかけると、皆がいっせいに書類をまとめはじめた。

間もなく書類束ができあがり、レオネルはそれらをまとめて封筒に入れた。よろよろと部屋を出ていこうとする彼に、カレンはぎょっと声をかけた。

「私が行きます」

「大丈夫です。今まで協力していただきました。これ以上は……」

「私にお任せください。お使いくらい、大丈夫です」

強めに言ったらレオネルがきょとんとし、次いで、柔らかな苦笑が返ってきた。

「お使いどころか、十分に助けていただきました。あの横領がこの先何年も続けば、国にとってもヒューゴ様にとっても痛手になっていたでしょう。感謝します」

真摯《しんし》な言葉にカレンは狼狽《うろた》える。巻き込まれてここまで手伝っていたが、そんなふうに感謝されるとは思ってもみなかった。カレンは恐縮してレオネルから封筒を受け取った。

「いってきます。皆さんは少し休んでください」

部屋を出て王の執務室に行ったが、残念ながら不在だった。

近衛《このえ》兵に尋ねると急用で出かけていると教えてくれた。「レオネル様がお忙しいときに、たまにお忍びで出かけるんです」とつけ加えられる。

(お忍び？　監視がいないあいだに羽を伸ばしてるの⁉)

ヒューゴのイメージではないが、暗愚と罵《ののし》られる王は享楽《きょうらく》に溺《おぼ》れることもあるらしい。女をはべらせ公務を放棄したり、ただひたすら趣味に没頭したり、浪費だけが生き甲斐だったり、戦《いくさ》に明け暮れ国を疲弊させたりと、歴史を紐《ひも》とけば愚王は山のようにいる。

城の外に行くなら囲っている女がいるのかもしれない。それとも博打《ばくち》か。あるいは悪い友人でもいるのだろうか――。

(密造酒の情報を集めに酒場に……ってことはないわよね。さすがに昼間は目立つし)

悶々としながら階段を下りたカレンは、窓の下にヒューゴの姿を見つけて慌てた。質素な服に地味なフードをまとい、今まさに出かけようと馬番から手綱を受け取っているところだった。

このまま階段を下りていたら間に合わない。みんなが死にそうになりながら作った書類が無駄になる――ただ目を通してもらうのが遅くなるだけなのに、そのときカレンは真剣にそう思い、窓の枠に手をかけていた。

「陛下！」

ひょいと窓枠を乗り越える。顔を上げたヒューゴがぎょっと目を見開くのが見えた。

（あ、しまった。思ったより高い）

一階の窓から飛び下りる感覚で三階の窓から飛び下りてしまったことに気づく。着地は無理だ。二階からならギリギリなんとかなったかもしれないが、三階はさすがに難しい。

視界のはし、固まる馬番が見えた。

「……っ……!!」

地面に叩《たた》きつけられる――そう覚悟してぎゅっと目を閉じたカレンは、いつまでたっても衝撃が訪れないことを不思議に思って目を開けた。

間近にヒューゴの顔があった。安堵と、同じだけの怒りが混じった顔だった。

「死ぬ気か!?」

腹の底から怒鳴られて、その剣幕にカレンは硬直した。怖い、と、強くそう思って、言葉が出なくなる。震えるカレンを見てヒューゴははっとしたように口を閉じ、ぐったりとカレンを抱きしめてきた。

「危険なことはするな」

懇願する声が直接体に響いてきた。抱きとめる腕の力が強くなる。情熱的な抱擁にカレンが狼狽えていると、われに返ったらしいヒューゴがそっとカレンを下ろした。

（な、な、なに、今の……!?）

混乱しながらも失礼のない場所まで下がる。

「怪我《けが》は？」

「ご、ございません」

書類が入った紙袋をぎゅっと抱きしめながら答えると、ヒューゴは自分の髪をわしゃわしゃとかき乱した。照れたように頬《ほお》が紅潮して見えるのは錯覚だろうか。

咳《せき》払いしたヒューゴは、ちらりとカレンを見て「それは？」と尋ねてきた。

「財務省の人たちがまとめた書類です」

差し出しながら伝えると、ふっとヒューゴの表情が変わった。

受け取ったヒューゴは中身を確認して目を細めた。

「――怒鳴って悪かったな。よく届けてくれた」

伸びてきた手がカレンの髪を撫でた。自分の髪を乱したときとは違う柔らかな仕草。反射的に首をすくめると、指先が頬をくすぐってきた。まるで恋人たちの戯《たわむ》れのように――カレンはどぎまぎと一歩後退する。

「へ、陛下は、これからお出かけに……お出かけに、な、な、なんか、見えてるんですが、あれはいったい……!?」

地面に封筒が落ちていた。カレンが今ヒューゴに渡したものよりもはるかに厚みのあるそこから、大量の紙束がはみ出していた。

「……あ」

ヒューゴがカレンの視線の先を追い、いそいそと移動する。けれどカレンは彼以上に迅速《じんそく》に動き、紙束を拾い上げていた。

以前に見た文句が、そこにはあった。

けれど、以前とはやや違う文句も、同時にあった。


『この愛の果て　バーバラとアンソニー（シリーズ第六巻）最終稿　ジョン・スミス著』


そう、違うのだ。前は〝二稿〟だったのが、今は〝最終稿〟になっているのだ。

「陛下！　最終稿です！　最終稿がここにあります!!」

興奮しすぎて理性が飛んだ。理性が飛んだまま激しく訴えると、ヒューゴはそ……と、カレンに手を差し出してきた。

「そうだな。いい子だからそれをこちらによこそうか」

「最終稿です!!　これ！　本になるんですよね!?　私のバーバラとアンソニー!!」

「落ち着いて話そう。とりあえず冷静に」

「バラアン最新刊ー!!」

かかげて叫ぶ。この素晴らしい紙束の意味がわからないらしい馬番は、恐怖の面持《おもも》ちで興奮に跳ね回るカレンを見ていた。

「宰相さんが忙しいから、代わりに陛下がお使いに行くんですか？」

（王様を使いっ走りにするなんて！　やっぱりバラアンは特別なんだわ!!）

鼻息を荒くするカレンに、ヒューゴは首をひねった。

「逆だ」

「逆？」

「いつもはレオネルに頼むが、忙しそうだから俺が行く」

「宰相さんに頼んでるんですか？　なにを？」

「今見ただろう」

ヒューゴがカレンが持つ紙束を指さした。

「——これは、陛下が宰相さんに、運ぶのを、頼んでいたものですか？」

まさか、そんなことが——カレンは驚きのあまり噛《か》み砕くように丁寧に尋ねた。すると、
ヒューゴはあっさりとうなずいた。

「そうだが」

「ジョン・スミスは」

「よくある偽名だ」

「そうじゃなくて！　これを書いたのは——」

「俺だが」

なにか問題が？　と言わんばかりに尋ねられ、カレンは驚愕《きょうがく》する。

「宰相さんが書いたんじゃないんですか!?」

「レオネルはだめだ。惚《ほ》れた女が別の男と一緒にいるとき、声をかけられないという心境がまるで理解できない。その場で問い詰めて問題があっという間に解決する。ようは、誤解もすれ違いもない、ト書きの状況説明になる」

情緒が家出中だなんて致命的だ。

そしてどうやら、カレンにとっての神は、ヒューゴであったらしい。

（そうか、だからジョン・スミスの初版本を網羅してたんだ！　宰相さんが冊子を手に入れてたのも、単純に関係者だからか――!!）

「一応覆面作家だから、あまり言いふらしてくれるなよ」

「わかりました、神！」

「……ヒューゴでいい」

「承知いたしました、ヒューゴ様！」

でもなんで作家？　と、首をひねっていたら、

「レオネルが記録魔で、なんでもかんでも日記に書き留めていたのを見て真似《まね》をしたんだ。しかし、俺の日記はつまらない。ほとんど同じことの繰り返しで、あまりにも起伏がない。だか

ら、周りにいる人間を題材に妄想日記を書くようになった」

そんな返答がきた。

（ど、どうしよう。理解できない。身近な人を使って妄想日記って、それってつまり、私がお姉ちゃんになりきってお姉ちゃんの日記を書いているような感覚なの……？）

「ず、ずいぶん個性的な趣味ですね」

「それをたまたま落として」

うっかりにもほどがある。

「出版社の人間が拾って、本にしてみませんか、と」

「たまには落としてみるものですね、日記」

おかげでカレンの生きる糧《かて》ができたのだ。なんて素晴らしい偶然だったのだろう。

小説を書いていることは家族に内緒にしている、だから使いの者をあいだに入れる、そんなやりとりの末、実際に数人の手を介して原稿の受け渡しをするようになったので、一番はじめに担当になった出版社の人とレオネル以外、誰も〝ジョン・スミス〟の正体を知らないというのだから驚きだ。

「抜け道といい、原稿といい、入城して間もないお前が暴くのだから困ったものだ」

「も……申し訳ありません。たまたま、偶然、なんとなくこんなことに」

（げ、原稿が読みたいって言いづらい状況！　出版されたらすり切れるほど読むんだけど！

っていうか、作者が目の前にいる――!!)

握手をしてもらわなければ。

ゴクリとつばを飲み込んでヒューゴを見ていると、手を差し出してきた。とっさにつかむと「違う」と言われた。

「原稿だ。これから届けに行く」

来月には製本され書店に並び人々をおおいに熱狂させるであろう玉稿《ぎょっこう》。それがカレンの腕の中にある。読みたい。だけど、そんな恐れ多いことを言えるわけがない。じわじわと理性が戻ってきたカレンはそっと原稿を差し出した。

そのとき、城から近衛兵が飛び出してきた。血相を変え、ヒューゴに一礼するとカレンを気にしつつも耳打ちする。かすかに「密造酒の件ですが」と聞こえてきた。

ヒューゴの表情が険しくなった。細めた目が鮮やかな空の青から暮れかけた星空に変わる。息を呑《の》むほどに美しく荒々しい青にカレンは胸を押さえる。

(ど、どうしてこんなに格好いいの、この人……っ!?)

目が離せない。

ゆっくりとヒューゴの唇が開いた。

「追えたか？」

「はい。あの醸造所で間違いないかと。近衛兵を動かしますか？」

密造酒はヒューゴが手ずから集めていた情報だ。どうやら望む結果が得られたらしい。ヒューゴが微笑む。出会った頃のような野蛮《やばん》そのものの表情なのに、やっぱり格好よくてドキドキしてしまう。

(お、お、落ち着いて、カレン！　既婚者よ！)

原稿を胸に抱きしめカレンはヒューゴを盗み見る。仕事に打ち込む男は基本的に格好いいのだと自分に言い聞かせていると目が合った。

(きゃあああああ！)

びくっと肩が揺れた。

「カレン、悪いが俺の代わりにそれを〝ロクサーヌの店〟に届けてくれないか？」

ヒューゴの言葉にカレンは目を瞬いた。

ロクサーヌの店は、ジョン・スミスの本の中でアンソニーが待ちぼうけを食らった店であり、カレンがグレースと一緒に入った店だ。苦い思い出とともに木苺《きいちご》ケーキが思い出される。

「このコインと一緒に店主に渡してくれればいい。頼めるか？」

ペンと羽の刻印されたコインが手渡される。それは、アンソニーが落とし、バーバラが拾ったことで恋がはじまったもっとも大切な運命の欠片《ピース》。まるで自分が物語の中に組み込まれていくような興奮に、カレンは目を輝かせてうなずいた。

ふとヒューゴの表情が柔らかくなり、ぽんぽんともう一度カレンの頭を撫でた。

そしてヒューゴは、近衛兵とともに慌ただしく城の中へと戻っていった。

「あの……馬車を、用意すればよろしいので？」

馬番に問われ、原稿とコインを手にカレンは何度もうなずいた。手のあいている兵士が御者台に収まると、カレンは箱馬車に乗り込んでコインを凝視した。

（すごい、すごい、すごい！　こんなことがあるなんて！　こんな奇跡が起こるなんて！）

箱馬車で揺られながら、カレンは興奮に震えていた。憧れのジョン・スミスから原稿を届けるという大役を仰せつかったのだ。ちょっとだけだったら読んでもいいだろうか。それとも叱られるだろうか。そろりと窓に寄って封筒を覗き込んだとき、窓を叩く音がしてはっと顔を上げた。ざあっと音をたて、町が灰色に染まる。降り出した雨に人々が右往左往《うおうさおう》するのが見えた。

手元も暗くなるような雨雲が厚く空をおおい、小さく光ってはゴロゴロと音をたてる。

カレンは原稿を封筒に戻し、もう一度ぎゅっと胸に抱いた。

来月、本が手に入る。待つことも読書の楽しみであるとカレンは知っている。その大切な時間のために貢献できる幸運を噛みしめていると、唐突に馬のいななきが聞こえてきた。話し声もしているが、雨音が大きすぎて聞き取れない。

「どうしたんですか？」

目的地ではないのに馬車が停《と》まった。正面の小窓を開けようと腰を上げると「なんでもありません」とくぐもった声が聞こえ、馬車が再び走り出した。突然の雨に驚いたのだろうか。カレンは座席に戻り、再び窓の外を見る。

しばらくして、カタンと乾いた音がした。カレンは視線を正面に戻した。

小さな箱状のものがカレンの足下に落ちていた。

「……え？」

箱から煙が吹き出した。嗅《か》いだことのあるにおいだ。とっさに息を止めたが遅かった。視界が一瞬で暗くなり、ドアを開けようと伸ばした手が椅子《いす》の上に落ちる。

痕跡《こんせき》を残さない毒。

それは、カレンが愛用する燻煙剤そのものだった。


「南東部にある醸造所、デヴィット・ジョージが現場です。従業員は十五人、王都の酒場と酒屋に定期的に卸《おろ》し、密造酒はそのときに運ばれていると思われます」

大広間に精鋭を集め、手早く報告がおこなわれる。

王都で密造酒が見つかって半年、調査をはじめ幾度も敵に裏をかかれて取り逃がし、ようやくつかんだ情報だった。とはいえ、これほどの進展があるとは正直思わなかった。

きっかけは、カレンがヴィクトリアの私邸から持ち帰った密造酒だ。名門貴族だけあって仕入れ先の特定が容易だったうえ、そこは近々取り調べをおこなおうと目星をつけていた店だった。強引に攻めるより搦《から》め手でいこうと方針を変え、レッティア家の家令に扮《ふん》した兵士が「お嬢様が大変気に入って、ぜひ明日のお茶会で皆様に振る舞いたいとおっしゃって……つきましては五十本ほどご用意いただけませんか？」と交渉に向かった。

酒屋は上客に快諾し、すぐさま早馬を出した。

それを王都の外で捕らえ、早馬が預かっていた手紙を没収し、醸造所の場所が明らかになったのだ。今までは在庫管理もろくにされていない店で見つかったせいで流通経路がたどれなかったことを思うと、ヴィクトリアの私邸で密造酒が手に入ったのは奇跡だった。

カレンの強運には正直舌を巻く。

「まるで幸運の女神だな」

密造酒の醸造所が判明したことに、近衛兵たちは色めき立っていた。第一近衛兵団から団長と三十人の近衛兵が、第二近衛兵団からも同じ人数の精鋭が集められた。

「一気にたたみかけるぞ」

ヒューゴが鼓舞すると近衛兵たちの表情が引き締まる。

しっぽをつかみ、潜伏先を見つけるまでの時間は過去最短だ。たとえ内通者が城内にひそんでいようとも敵が逃げる時間はない。ヒューゴはそう確信する。

「陛下、あの酒の成分、面白いものが出ましたよ」

どこから嗅ぎつけたのか、呼んでもいないのに宮廷医長ダドリー・ダレルがやってきた。移動をはじめる近衛兵に続いて部屋を出ようとしたヒューゴは、足を止めて宮廷医長を見た。性格はともかくとして、彼の腕は信頼している。

「なにが出たんだ？」

「カレン・アンダーソンが使っている燻煙剤と同じものが、あの酒にも混じっています」

「――それはどういう意味だ？」

「必然という意味ですよ」

笑う宮廷医長にぞくりとした。一方は害虫駆除の道具、一方は常習性のある粗悪品の酒――あまりにも違いすぎる。

それなのに同じものが混じっているなんて偶然が起こりえるのか。

カレンはその符合に気づいたから、密造酒を飲むと死ぬと考えたのではないのか。

そもそも、なぜそんな危険なものが混じった燻煙剤をカレンが使用していたのだろう。

「陛下！」

第一近衛兵団団長に呼ばれ、ヒューゴははっとわれに返った。

「その話はあとだ」

宮廷医長に言い置いてヒューゴは部屋を出た。

なんとも形容しがたい不安が足下からゆっくりと這《は》い上がってきたが、今は密造酒の件を優先するときだ。

判断を誤ればこれまでの苦労が無駄になるばかりか、民が蝕《むしば》まれていってしまう。

「騎乗したら醸造所へ向かえ！　包囲して一気に制圧する！」

厩舎《きゅうしゃ》で愛馬にまたがったヒューゴは精鋭たちに声をかけ、降りしきる雨の中、まっすぐ城門に向かった。なにごとかと困惑する使用人たちには目もくれず門をくぐる。視界が悪い。厚い雲におおわれ世界が暗く沈み、すべての輪郭が雨に溶けている。

南東部に向け馬首を返したヒューゴは、大通りの向こうで人々が右往左往しているのを見て眉をひそめた。

「なんだ……？」

かすかだが、悲鳴が聞こえてくる。逃げてきた男になにごとかと問うと、「害獣です」と怯《おび》えたように訴えてきた。

「害獣？」

野犬かなにかが王都に入り込んだのだろうか。大粒の雨に視界が塞《ふさ》がれてうまく見えないが、人々の怯えようがただごとではない。

「ミック・オリヴァー、指揮を頼む。俺は害獣を駆除してから行く」

近くにいる近衛兵から弓と矢を奪うと第一近衛兵団団長に声をかける。返事を待たず大通りを駆け出すと、第二近衛兵団団長と二十人の近衛兵がヒューゴのあとを追ってきた。

「自分たちも同行します！」

戦場でヒューゴの強さは知っているだろうに、形式的についてくる。来るなと言っても追ってくるとわかっていたので、ヒューゴはあきらめ、害獣を捜して目をこらした。

空が光り、雷鳴がとどろく。その中にいくつも悲鳴が混じる。ヒューゴが矢を弓につがえ、害獣を求めて視線を彷徨《さまよ》わせる。地面にぶつかった雨粒が舞い上がり視界がいっそうけぶる。

右往左往する人のあいだをなにかが素早く移動する。

ヒューゴは弓を引き絞った。

一矢で仕留めないと民に被害が出る。

どっと地面が鳴った気がした。なにかがくる。泥にまみれ、荒々しいものが、まっすぐ迷いなくヒューゴに突っ込んでくる。

矢を放つ直前、ヒューゴはそれがなにか気づいた。

普段は白く艶《つや》やかな生き物だ。好きなときに食べ、好きなときに寝て、好きなときに暴れて我が物顔で暮らす生き物。王妃の愛玩動物《ペット》で、城内でも不自由なく暮らせるようにあらゆるところに専用の出入り口を作らせた例外中の例外。

「トン・ブー!?　なぜお前がここにいる!?」

いつもは城壁の内側で暮らすブタが、華麗に泥水を蹴った。

目を開けると埃《ほこり》っぽい床が見えた。

（……生きてる……？）

起き上がろうとしたが、石を詰め込んだみたいに体が重くて動かない。息苦しさにうめきながら視線を動かす。どうやらここは広い建物の中であるらしい。

（倉庫？）

窓が高い場所にある。雨音と、雷鳴。近くには大きな箱がいくつも積み上げられて壁のようにそびえていた。かすかにただよってきたのは燻煙剤の材料となる草のにおいだった。

カレンは混乱した。状況が理解できない。

（御者台にいた人はどうなったの？　まさか、死……）

カレンが声をかけたときにはもう別の誰かが御者台にいたのだ。その人物が馬車の中に燻煙剤を入れた。カレンが愛用するものと似ている、けれど決して同じではないものを。

助けを呼ぼうと口を開ける。だが声が出ない。

どれほどもがいていたか、ふいに乾いた音が遠くから聞こえてきた。足音だ。床に伏しているカレンの姿が見えているはずなのに慌てるそぶりもなく、ゆったりとした歩調で近づいてくる。状況を把握しているのだ。カレンを攫《さら》い、ここに運んだ人間なのだと気づいてぞっとした。

耳元で砂を踏む乾いた音がした。

恐怖に心臓がばくばくと乱れ、息苦しさに小さくあえぐ。刹那、頭上で笑う気配があった。

(誰⁉　どうしてこんなことするの⁉)

目の前に誰かが立った。履き古された男用の靴が見えた。

男が再び離れ、箱を小脇《こわき》に抱えて戻ってきた。箱を床に置き、その上に腰かけると手に持っていたランプを足下に据えた。

「あれ？　もう目が覚めたんだ。気分はどう？」

ほがらかに尋ねてきた声には聞き覚えがあった。厨房の友ジャック・マーロンだ。カレンの表情を見て、ジャックはにっこりと笑った。

「動ける？　動けないよね？　俺が配合した煙を吸い込んだんだから。……なにか訊きたそうな顔をしてるね。なんでも答えてあげるから言ってみて？」

声が出たのなら「ふざけないで」と怒鳴っていただろう。

「ここはどこか？　うーん、ナイショ！　他《ほか》には？　どうして攫われたか？　いい質問だ。俺の正体も知りたい？　えー、どうしようかな。教えたら殺さなきゃならなくなるんだけど、それでも聞きたい？　迷うなあ」

――正気とは思えなかった。声が弾み、息が弾み、体すら小刻みに揺れているのに本人にはまるで自覚がない。カレンは口を開ける。こぼれたのはうめき声だけだった。

「へえ……もう声が出せるのか。だけどあと半日は動けないよ。心臓が止まってもおかしくない配合だったから。ああ、次はなにをしよう。そうだ、まずは……」

ジャックがシャツのボタンをはずすのを見てカレンは逃げようと懸命になる。だが、ようやく動いたのは指先だけ――カレンは焦り、ジャックを睨《にら》んだ。

ジャックの指がシャツにかかる。ぐいっと指を横に引くと肌が露出した。カレンは息を呑んだ。彼の肩に、父と同じ形の刃物《はもの》による傷痕《あと》があったのだ。しかも、父と同じ場所に。

「おそろいの傷、残してみる？　……見覚えがあるだろ？」

「ど……して、そ……」

意図的に負った傷としか思えない傷痕だった。

「――そうだな。せっかくだから教えてあげる。君の〝父親〟の本名はイースだ。イース・レイト。宰相閣下のお抱えの護衛だ。私兵とも言う。ああ、宰相閣下っていうのは今の宰相閣下じゃないよ。その前、イースはレオネル様の兄に仕えていたんだ。とても優秀な男で、とても厄介な男だった。だから狂喜したよ。戦場で捕らえたときには。俺にも運が巡ってきたと思った。あ、俺こう見えても君の父親と十歳くらいしか違わないんだ」

父が偽名を名乗っていただなんて聞いたことがない。驚きに目を見開くカレンに、ジャックは気をよくして言葉を続けた。

「尋問は俺がやった。……本当に君はなにも覚えてない？　君、その場にいたんだよ。君が〝父親〟として慕っている男を、俺が切り刻んだんだ。まったく愉快な話だよね。紛争中の国境付近に村があって、そこで両親と死に別れた君を庇《かば》って敵兵に捕まったなんて！　しかしあの男はどんなに痛めつけても俺の質問には答えなかった。右肩を落とそうとしたときですら、だ。だけど君は違った。あの男と一緒に君を捕らえておいてよかったよ。君を傷つけようとしたときだけあの男は反応した。取り乱した。子どもに手を出すな、なんて……笑える」

くつくつとジャックが肩を揺らす。

「見ず知らずの娘だ。所詮《しょせん》孤児じゃないか。まあ、孤児にしたのは俺なんだけど」

ひとしきり笑ったジャックの顔が、急に昏《くら》くなった。

「だけど、失敗した。あんな力が残ってたなんて――あの男は、縄を引きちぎって君をかかえて逃亡した。責任を問われた俺は、激怒した上官にあの男と同じ傷を負わされ、使い捨て同然の諜報《ちょうほう》員に降格だ。まあいいさ、それは。俺にはイース・レイトを殺すって目的があったから」

妄執《もうしゅう》に取り憑《つ》かれた男は声を弾ませる。

「二十年も捜したんだ。二十年だぞ？　君に会ってあいつの話を聞いたとき、俺がどんなに嬉《うれ》しかったかわかるか？　死んだと知ってどんなに落胆したか、わかるか？　だけどここには君がいた。王に近い場所にいて情報を聞き出せるかもしれない侍女であり、あの男の〝娘〟として育てられた君が！」

「ひ、人、違い」

カレンには父と慕ったデニス以外、〝両親〟の記憶なんてない。ましてや父が拷問《ごうもん》を受けただの、紛争地帯にいただのという記憶もない。

けれど、ジャックは首を横にふった。

「人違いなんかじゃない。君の〝父親〟の肩の傷、なにより君が使っていた燻煙剤――あれはもともと自白剤として、俺がイース・レイトに飲ませたものだ。あれを飲むと内臓がボロボロになって、しばらくすれば多臓器不全で死ぬはずなのに……」

「うそ」

確かに胃腸の弱い人ではあったが、息を引き取る直前まで、そんなそぶりは見せもしなかった。カレンが絶句するのを見て、ジャックは小首をかしげた。

「ああ、そうか。材料は知ってるよな。自力で治療をこころみたのか。その副産物があの燻煙剤か……なんにせよ、俺と君は出会う運命だったんだよ、カレン」

運命なんて言葉を軽々しく使ってほしくない。「実は、君も帝国の諜報員なんじゃないかと疑った時期もあったんだよ」とジャックは照れ笑いした。宰相であるレオネルの部屋を監視していたために起こった誤解だったらしい。

「台帳、は」

「国防予算基本管理台帳？　もちろん俺が盗んだものだ。運ぶのを頼まれたなんて、とっさについた嘘《うそ》にしては上出来だろう。金髪の侍女なんて珍しくもないし。宰相の部屋を監視しながら台帳に目を通そうと思ったら君がいるんだから驚いたよ。あれ僕が先に盗《と》ったんだから返してほしいなあ」

「こ……ここに、あるのは密造酒の、材料？」

「そうだよ」

情報を収集する一方で、彼は密造酒の製造にもかかわっていたのだ。

「ただし、今回調合するものは前のとは少し違う。依存性がより強く、そのうえ、使用すればするほど臓器への負担が蓄積されていく」

金を集めるだけなら必要のない、むしろ枷《かせ》にさえなる症状だ。あえてそれを調合する理由を考えてカレンは驚愕した。ジャックはカレンの表情に満足げにうなずく。

「密造酒は今や国中に広まった。もちろん兵士にも。愉快だろ？　使い捨ての駒《こま》であるこの俺が、帝国を勝利に導く救世主になるんだ……!!」

耳障りな高笑い。倉庫の屋根を叩く雨音は激しさを増し、暗い空を覆い尽くした雷雲に光が走る。戦いで負け領土を奪われるどころか、人々は体の奥から蝕まれ、命を繋《つな》ぐことすら危うくなる。それが、彼の計画なのだ。

「ジャック、やめて」

「……君は自分の立場をわかっていない。今心配すべきは見知らぬ誰かじゃなく君自身だ」

ジャックが立ち上がる。ズボンのポケットから取り出したナイフを目の高さに持ち上げて楽しそうに眺めている。

（どうしよう。どうしたらいい？　このままじゃ……あっ）

カレンは思い出す。城を出る前、ヒューゴのもとに近衛兵がやってきたことを。

「心配なんてしない。この場所を、陛下は、もう、知ってるから」

密造酒の報告を受けていた。間違いないと、近衛兵がそう告げた。だから間もなく助けが来るはずだ。希望の光を胸にジャックを見上げると、彼は意味がわからないと言わんばかりに首をかしげた。

「近衛兵が、ここに来る」

絞り出したカレンの声にジャックは目を見開いた。驚きの表情だ。ぐっと唇を噛みしめ、顔を伏せる。肩が小刻みに揺れ、彼は大きく数歩、後退した。

やがて聞こえたのは、けたたましい笑い声だった。

「なに……？」

一瞬で、胸の奥に不安が広がった。自暴自棄《じぼうじき》な笑いではないその笑みが、この上なく不吉なものに思えた。

「近衛兵がここに来る？　ここに？　この場所に？　すぐに駆け付けるって？」

「そ……そうよ」

ヒューゴの性格なら好機とみればすぐに動くだろう。だから、兵はここに向かっているはずだ。それなのにジャックに動揺が見られない。気味が悪いほど冷静だ。

（逃げるとか、材料を運び出すとか、もっと、普通、慌てない……？　まさか――）

なにか、決定的に見落としているのではないか。青ざめるカレンを楽しげに見つめながら、ジャックがゆっくりと近づいてくる。一歩、一歩、踏みしめるように。

その足が、床に落ちていた紙袋を踏みつける。

ジョン・スミスの新作の入った紙袋を。

「残念」

ジャックは両手を広げて肩をすくめた。

「ここに助けは来ない。陛下のもとに届いたのは俺が流した偽情報だ。今ごろ罠《わな》にかかった精鋭たちが、なんの関係もない醸造所に向かって馬の尻《しり》を叩いているんだろうな。笑いが止まらないよ。無能な王様はどんな弁明をするんだろう。考えただけでぞくぞくすると思わない？」

「偽情報……？」

すべて彼の手の内だった。なにもかもが、腹立たしいほどに。

ジャックが封筒を踏みにじる。

「や、やめて」

カレンは青ざめた。こんな危機的な状況であっても、やはりカレンにとってその原稿は特別なものだった。

「こんな紙の束がなんだっていうんだ。陛下が君に渡したから機密情報かなにかかと思って追いかけたのに、中身はくだらない駄文――まあでも、君が城から出て一人になってくれたのは運がよかった。本当は君の育ての親にこうしたかったんだけど、死んでちゃあきらめるしかない。君が代わりになってくれるよね？」

（代わりってなに？　まさか、私を……）

恍惚《こうこつ》と微笑むジャックにカレンは身震いした。彼の双眸《そうぼう》に宿るのは狂気に似た光だった。

「まずは君の腕から落とそう。ああ、違う。爪《つめ》を剥《は》がさなきゃ。ちょっと待って、手順を思い出すから。自白させるものはないから、薬は使わなくていいよね？　使うと内臓がやられて長持ちしないし……だから、外から順に、少しずつ――ね？」

興奮のあまりジャックの声がかすれていた。雷鳴に青光りするナイフとは逆に、ジャックの顔は闇《やみ》に呑まれて暗く、双眸だけが爛々《らんらん》と輝いていた。カレンの目の前で足を止め、ゆっくりと膝《ひざ》を折る。伸びてくる手を見てカレンは大きく息を吸った。

ジャックが会話に夢中になるあいだ、カレンは自分の体がどの程度動くかを密《ひそ》かに確認していた。自由になるまで半日とジャックは言ったが、カレンは彼が考えていた以上に燻煙剤に触れる機会が多かった。

だから、彼は目算を誤った。

カレンは両腕に力を込めて体を起こし、驚く彼に体当たりした。

「な……っ⁉」

不意打ちに転がった彼を脇目にランプに手を伸ばし、木箱に投げつける。ランプが割れ、オイルが巻き散り、瞬く間に燃え広がる。

ぎょっとジャックが立ち上がった。火を消そうとする彼に、カレンはとっさにしがみついた。

「放せ！」

ジャックはカレンを蹴る。けれどカレンは渾身《こんしん》の力で彼の足にしがみついて痛みに耐えた。火柱が立ちのぼり、もうもうと白煙が視界をふさぐ。

煙を深く吸い込んでしまったのだろう。ジャックが激しく咳《せ》き込んだ。

「くそ……放せ。ここで焼け死んでたまるか。こんな最期が、あっていいはず、ない」

息を乱しながら暴れていたジャックの体から、力がじょじょに抜けていく。どうやらカレンほど耐性はないらしく、間もなく動かなくなった。

(早く人を呼んで、火を消してもらわないと)

外は雷雨だ。だが、倉庫内に燃え広がれば、雨などでは到底消せない大火になる。そうなれば人々に迷惑がかかってしまう。なんとかして外と連絡を取らなければならない――しかし、煙を吸い込んだせいで、ようやく自由になった体から再び力が抜けていった。人を呼ぶことはおろか、立ち上がって歩くことすらできない。

熱い。炎が迫ってくる。視界がどんどん明るくなり、煙が濃くなる。

カレンは這うようにジャックから離れ、封筒のもとまでたどり着く。震える手で封筒をつかみ、体の下に隠してぎゅっと目を閉じた。

息が吸えず、間もなく熱さすら感じなくなった。

遠く、人の声がした。

幻聴だ。木が爆《は》ぜるときの音かもしれない。そう思った直後、肩をつかまれて体を抱き起こされる感覚があった。

「煙は直接吸い込むな！　箱をいくつか持ちだし即時撤収しろ！」

ヒューゴの声だ。ぐんっと体が浮き上がるような浮遊感。すぐさま視界が暗くなり、頬を冷たいなにかが打った。

「陛下、消火が追いつきません！」

「そのままでいい。全員倉庫から出たか？　風向きに注意し、近隣に火が燃え移らぬよう見張れ。必要なら倉庫をいくつか潰《つぶ》して構わない」

どうしてヒューゴがいるのだろう。彼はジャックの罠にはまり、醸造所に向かったはずだ。近衛兵も、確かに醸造所と報告していた。彼がここにいるはずがない。

もしかしたら都合のいい夢を見ているのだろうか。

「カレン⁉　息をしろ！　カレン‼」

混濁する意識を揺さぶる力強い声。

「陛下、この男も息をしていません！」

「蘇生《そせい》させろ！　殺すな!!」

怒鳴り声のあと、なにかが唇を柔らかくふさいだ。喉《のど》の奥に空気が送り込まれる。命を吹き込むように繰り返し大量の空気が肺を満たす。

全身が痛い。頭がガンガンする。痛みが戻ってきたのだと認識した瞬間、喉の奥から空気がせり出してきた。かはっと、喉の奥が小さく音をたてる。

目を開ける。でも、視界が暗すぎてよくわからない。幾度も雷鳴がとどろいて辺りが白く染まるのに、目の前にいる人を見ることができない。

それでも抱きしめてくれているのがヒューゴだとわかる。もう大丈夫だと、本能が訴えかけてくる。

現状を理解した刹那、カレンはくしゃりと顔を歪《ゆが》めた。

「へい、か……げん、こ、……届け、ら、ず、も、し……わけ、あり、ま……」

両腕に紙の感触を認め、カレンは安堵と後悔に懸命に言葉を絞り出した。せっかく預けてくれたのに、役に立つことができなかった。一瞬、息を呑むような音が聞こえてきた。カレンを抱くヒューゴの手にぐっと力が込められた。

「そんなことは、いい」

甘くささやき、カレンを雨から守るように抱きくるむ。そして、唇がそっとさがれる。柔らかな、慈《いつく》しむような口づけ——二度瞬きをすると、なにごともなく唇が離れていく。

（……え……？）

頭の奥に霞《かすみ》がかかって状況が理解できない。周りでバタバタと兵士たちが走り回っていることを確認していると、ふいにずっしりと腹の辺りが重くなった。トン・ブーが、顎《あご》をカレンの腹にのせ、荒々しく鼻を鳴らしていた。

「どうやらお前が馬車で出ていくのを見ていたらしい。お前がいないと自由に散歩できないと馬車を追走したが雨のせいで見失った。だから町の者に助けを求めたようだな」

「トン・ブーが……？」

「危うく害獣として駆除するところだった」

ヒューゴは苦笑し、トン・ブーを追い払って脱いだ上着をカレンにかけ、軽々と横抱きにした。燃えさかる火で辺りが明るくなっている。倉庫ばかりが建ち並ぶ一角に密造酒の材料が運び込まれていたらしい。周りに民家がないことにカレンはほっと息をついた。

（……あったかい）

シャツ越しに熱が伝わってくる。雨は冷たいのに、抱きくるむ力強い腕が寒さを遮断してくれている。このままずっとくっついていたくなるほど気持ちいい。

「あ……あの、偽、情報で、陛下、は、醸造所だって、ジャックが……」

黙っていると変に意識してしまう。カレンがとっさにそう尋ねると、後処理を部下に任せたヒューゴがカレンを横抱きにしたままゆるりと歩き出した。彼は短いしっぽをぶんぶんとふっついてくるトン・ブーをちらりと見た。

「倉庫街まで俺たちを誘導したのはトン・ブーだ」

大胆なことにこのブタ、国で一番偉い人を使って世話係であるカレンを捜させたようだ。

ヒューゴの顔に苦渋《くじゅう》の色が広がった。

（も、も、申し訳ありません！　私ごときのために……!!）

涙目で見上げていると溜息《ためいき》が聞こえてきた。

「倉庫街でからっぽの馬車を見つけたときには肝が冷えた。捜索の途中、御者が意識不明で医者のもとに運ばれたと聞いて――」

動揺を殺すようにヒューゴは小さく息をついた。怒っているのではない。呆《あき》れているのでもない。彼は心からカレンのことを心配し、雨の中、なりふり構わず捜してくれたのだ。

カレンの額に唇が寄せられる。

（う、わ……っ）

カレンは思わず目を閉じた。

「まさかこっちが本命だとは思わなかった。つくづくお前は悪運が強い」

笑いを含む声はどこまでも甘く、カレンの鼓動を乱す。ぎゅっと原稿を抱きしめ、カレンはヒューゴの胸に顔をうずめた。

4

「重……っ」

息苦しさにうめき、目を開ける。カレンが王城で与えられた部屋の見慣れた天井が見えた。どんな奇跡が起こったのか、ペット用のベッドではなく使用人用のベッドで寝ているらしい。

困惑しながら視線を動かすと、トン・ブーの頭がカレンの腹にのっていた。

「カレン、起きたの?」

聞こえてきたのはグレースの声だ。慌てたようにベッドに駆け寄り、カレンの顔を覗き込む。

「あの、私……?」

「ヒューゴ様に救出されたあと眠っていたのよ。大火災から二日間、ずっとね。お腹《なか》がすいてるでしょう? すぐになにか持ってくるわ」

主人にそんなことをさせるわけにはいかない。だが、体がだるくて起き上がれない。しばらくすると粥《かゆ》を持ってグレースが戻ってきた。

トン・ブーを押しのけ、カレンを起こし、スプーンで粥をすくって尖《とが》らせた唇で冷《さ》ましてくれている。

「はい、あーん」

「い、いえ、自分で食べられます」

　はっとわれに返る。が、譲ってくれない。口を開けろとせっつかれて、結局食べさせてもらうことになってしまった。

「おいしい？」

「はい。おいしいです」

　答えるとほっとしたように微笑んだ。かわいらしく安堵する様子から、かなり心配させてしまったことが伝わってきた。

「ジャック・マーロンの取り調べをしているのだけれど、なかなか進展しないらしいわ。紹介状も正式なもので、登用も一年前。真面目《まじめ》で友人も多く、酒が好きでよく酒場に通っていたらしいけれど、とくに注目する点はないって……」

「帝国の諜報員だと言っていました」

　カレンの言葉にグレースは目を見開く。

「諜報員……そう……では、本物のジャック・マーロンはもう……」

　押し黙るグレースを見てカレンは納得した。料理人なのに火おこしが苦手だったのは、新人だからではなく偽者だったから。誰よりも早く登城していたのも、カレンに好意があるように振る舞っていたのも、全部諜報活動の一環だったのだ。

（親しくなって浮かれて――馬鹿《ばか》みたいだわ、私）

食事を終えたカレンは、グレースに誘われ、少し体を動かすために部屋着からメイド服に着替えて外へ出た。ちなみに胴輪付きでトン・ブーもついてきている。短いしっぽが軽快に揺れているので機嫌はいいらしい。

「……質問をよろしいでしょうか。先ほど大火災とおっしゃっていましたが……」

「倉庫一つがほぼ全焼して、周りの倉庫もいくつか焼け落ちたと聞いているわ」

ひっと小さく声が出てしまった。火の勢いからすぐに鎮火するのは難しいと思っていたが、想像以上の惨事だった。雨天でなければもっとひどいことになっていたかもしれない。

ぶるぶる震えていると、遠方からすごい勢いで近づいてくる男がいた。

「起きたのか⁉　体調はどうだ？　気分は悪くないか⁉」

「――ヒューゴ様、お仕事の時間では？」

「執務室の窓から見えた」

「答えになっていません」

呆れるグレースから視線をはずし、ヒューゴはカレンを見た。だが、カレンは彼の顔が見られなかった。不敬だから、というのではない。目を合わせたら、その唇の感触を思い出したら、心臓が壊れてしまう気がした。

(ど、ど、どうしよう。救命だってわかってるのに、あのキスは、ただ私を助けるためのものだって、わかってるのに――‼)

「カレン、トン・ブーの紐を」

「は、はい」

　紐をヒューゴに渡すとき、指先がかすかに触れた。慌てて引っ込め、手を胸に押しつける。きょとんとしたあとヒューゴが嬉しそうに笑ったことにも、グレースが不機嫌顔で唇を尖らせたことにも気づかずに。

（……あれ？　でも最後のキスは、私の意識が戻ったあとで、陛下もそれに気づいていた、ような……？）

　無意識に唇に触れようとしたカレンの手をグレースがつかんだ。怒った顔だ。カレンが戸惑っていると、グレースは手を繋いだまま歩き出した。

「お前は私の侍女よ」

「――でもグレース様、ジャック・マーロンの偽者が、倉庫でおかしなことを言っていたんです。私の両親は二十年も前に紛争地帯で亡くなって、私を拾ったのが〝父〟だって。私、そんなこと覚えていなくて……身元が確かでない者は、城では働けないとうかがっています」

「二十年前？」

「はい。しかしそうなると、私の年齢も間違っていることに……」

　戸惑いに口をつぐむと今度はレオネルがやってきた。仕事を抜け出した主人を連れ戻しにきたのかと思ったが、手にはボロボロの封書を持っていた。レオネルはカレンを見るとほっとしたように目尻《めじり》を下げ、かすかに会釈してからヒューゴに向き直った。

「タナン村から返事がきたのか？」

「はい、先ほど」

一礼して手紙がレオネルからヒューゴに渡る。

(そ、そういえばお姉ちゃんたちに手紙出してない……出したらどのくらいで届くのかしら。一ヶ月か二ヶ月？)

平穏を絵に描《か》いたような故郷に思いをはせていると、ヒューゴがざっと手紙に目を通したあとカレンを見た。視線が合ってドキリとしながら顔を伏せる。

「カレンの父デニスが紛争地帯で拾った孤児はお前ではない」

「……それでは……」

「引き取られたのは、姉のエリザだ」

「え……？」

——両親の死に直面し、後に養父となる男が拷問される様子を見てしまった姉。肉の調理が苦手だった理由は、カレンが考える以上に陰惨な過去によるものだったのだ。

「お前の実父はもともと王都に住んでいたんだ」

ヒューゴの言葉にカレンは戸惑う。昔は凄腕《すごうで》の剣士だったのだと自慢するデニスが、カレンにとってただ一人の父だった。タナン村で呑気《のんき》に宿を営《いとな》み、たまに狩りに行って大物を捕まえてきて褒めろと無言でせっついてくる面倒くさい男が。

「彼は侍女と恋に落ち、駆け落ちした。親しい者に頼れば連れ戻されると警戒したのだろうな。二人が向かったのは、怪我を負って一線を退いたあと孤児を育てるのに奮闘していたデニスのもとだった。だが、身重だった母に長旅は過酷で、お前を産んですぐに亡くなった」

カレンは無意識に手に力を込める。

「お前の父も心労と疲労で帰らぬ人となった」

淡々と、どこまでも淡々と、事実だけを告げていくヒューゴの声。グレースに手を握り返され、カレンははっとわれに返る。

「その後、デニスは〝娘〟二人を連れ、タナン村に移住した」

不器用で優しい〝父〟と頼もしい〝姉〟、そして、そんな家族を受け入れてくれたタナン村の人々――カレンが唇を噛みしめていると、ポケットをさぐりながら近づいてきたヒューゴが、ひょいっと身を乗り出すようにしてなにかをカレンの首にかけた。驚きに身をすくめたカレンは、首筋にあたる冷たい感触と重みに視線を落とす。

そこには、路地裏で奪われたはずの首飾りがあった。

「返すのが遅くなってすまない。それは、お前の実父がデニスに――剣士イース・レイトに託したものだ」

「クレス家の紋章……!?」

形見が戻ってきたことに驚くカレンとは違い、グレースは首飾りそのものに仰天していた。

グレースはまじまじと首飾りを見てからヒューゴを、そして、レオネルを見た。

「……クレス家？」

状況が理解できないカレンだけがぽかんと立ち尽くしている。

「クレス家は、代々、宰相の家系よ」

そうだ。宰相レオネルの名前は、レオネル・クルス・クレス――王家の紋章を身につけることを許された唯一の家系。けれど当然、名門貴族である彼の家にも受け継がれた紋章がある。

それが今、カレンの首に、形見としてかかっている。

つまり、それは。

「エリザさんにも確認が取れました。彼女はあなたが貴人の血を引くことをご存じだったようです。ですが、養父が実の娘のように接するのを見て、彼女も姉として接していたそうです。グレース様がタナン村に逗留《とうりゅう》すると聞き、〝そのときが来た〟と確信された、と」

レオネルが告げる。

「エリザさんには、イース殿には、感謝してもしきれない。よくぞご無事で」

感情を殺す低いレオネルの声。だめだ。理解が追いつかない。

「私、は――」

「わたしの兄の娘、つまりあなたは、わたしの姪《めい》ということになります」

「ついでに言うと、バーバラとアンソニーのモデルでもある。事実はそれほど優しいものではなかったようだが」

そっとヒューゴが言葉を添える。物語の中の二人は幸せと不幸せを繰り返しながら生きて、物語の外の二人は祝福とは程遠い過酷な世界でひっそりと命を落とし──なんて、残酷な。

茫然《ぼうぜん》とするカレンの耳にグレースの声が届く。「タナン村で聞いたのだけれど」と彼女は前置きした。

「カレンを育てた男は、それほど学《がく》がなかったそうよ」

どことなく突き放した口調だった。

「お前が本を読みたいとせがむものだから、本屋に通って必死で勉強したと聞いたわ。忘れてはだめよ。お前はちゃんと愛されていた。懸命に産んでくれた母に、旅の末に養父に託してくれた父に、そして、タナン村の人々に。不幸だなんて言ったら、承知しないのだから」

不器用に諭すグレースに、カレンは村の人々のことを思い出す。はい、とうなずくと、ヒューゴがそわそわしていることに気がついた。

「なりません、ヒューゴ様」

「しかし、こういう場合は抱きしめるべきだろう？」

「べきではありません」

ヒューゴとレオネルがおかしな言い合いをしている。一方のグレースは、カレンの手を引きつつ二人から離れようと歩き出していた。

低木の向こう、調理人たちの姿が見えた。どうやら芋《いも》を洗いに行く途中らしい。洗濯女も洗いたてのシーツを運んでいた。さらにそこに出入り業者までいた。

「あの火災、王妃様の侍女の仕業なんだろ？　なのにお咎《とが》めなしなんて」

「密造酒事件にかかわったっていうの、本当なのか？」

火災は確かにカレンのせいだ。まともに動けなかったとはいえ、被害を考えると言い訳もできない。密造酒とはかかわりがなくとも衛兵に捕まってもおかしくない状況だ。

（そ、そうするとどうなるの？　グレース様の立場が悪くなって、宰相さんにも迷惑をかけるってことになるの？）

カレンが真っ青になっていると、恰幅《かっぷく》のいい壮年の男がやってきた。

「王妃様の侍女ってのはカレン・アンダーソンのことか？　だったらよく知ってるぞ」

見覚えがある、なんてものではない。毎年毎年値段交渉で戦っている家畜商だ。巻き毛牛の納入に城に来ているのだとすぐにわかった。

「あんなひでえ女は他にいない」

声高に語る家畜商に使用人たちはざわめいた。続けて家畜商は語った。

「辺境の村の財政を十二歳のときに見事立て直した〝化け物〟だよ」

と。

「村の連中は数字が強いだけの娘だと思ってるけどそういうレベルじゃねえ。あんな芸当、まともな脳みそしてたらできねえよ。この道一筋三十年の俺を言いくるめるんだぞ、あの小娘！　一番はじめに俺に巻き毛牛を食わせて交渉してきたときなんてとくにひどい。確かに巻き毛牛の肉質は一級品だ。だが、運搬に時間がかかりすぎる。肉がだめになるからって買い叩こうとしたら、だったら子牛を買って、王都の近くで育てればいいと提案してきやがった。牧草も水も豊富な土地があって、そこなら人件費も安いしいい獣医もいるって概算まで出してきやがったんだ。信じられるか？　たまたま偶然立ち寄っただけの俺に、その場で交渉を持ちかけたんだぞ。しかも概算がドンピシャだ」

家畜商は青ざめて身震いした。怪談でもするかのような表情に使用人たちは引き気味である。

あ、そんなこともあったな、と、カレンはそっと視線をはずした。もともと巻き毛牛は売れると思っていたし、売るなら貴族が集まる王都が一番だというのもわかっていたし、そこに家畜商が来たら逃がすのは勿体ないと思うのは当然で――つまり、張っていた罠に家畜商が自分から突っ込んできただけなのだ。

「そんな慎重な女が、考えなしに倉庫に火を放つわけないだろ」

「その通りだ」

よく響く賛同の声は、カレンの隣から聞こえた。話を聞いていたヒューゴが声をあげたのだ。使用人たちはぎょっとしたようにこうべを垂れた。

「倉庫に集められていた密造酒の材料が出回れば、民に打撃を与えただろう。体温の上昇、発汗、意識障害、倦怠《けんたい》感、食欲不振、腎《じん》不全、胃炎に吐血、挙げればきりがない。これら症状が兵士に出たら？　帝国が完治を待つと思うか？」

皆の顔が青くなる。国防がゆらげば国は傾く。戦火は人々の生命をも脅かすことになる。

「首謀者はカレンの働きで捕らえられ、尋問で関係者の割り出しをおこなっている。彼女は倉庫に火を放つことで死の酒を市井《しせい》に蔓延《まんえん》することを防いだ。それは英断だと俺は思っている」

「もう一つ」

レオネルが言葉を添える。

「財務省に彼女が通っていたことを面白おかしく吹聴《ふいちょう》する者がいるようなので訂正させていただきます。彼女は軍事費を横領していた事実を独自で突き止め、その全容を暴くために助力したにすぎません。財務省の人間は優秀ですが、彼女の手助けがなければ全容を把握するまでにあと半年はかかったでしょう」

レオネルの言葉に家畜商がにっと笑った。

「さすがだ。敵にすれば厄介なやつは、味方にするに限る」

小さなつぶやきに空気が変わる。カレンを見る目が変化していく。

「これほど優秀な人材なら財務省で雇いたいほどです。グレース様のお気に入りの侍女でさえなければ……残念です」

「宰相様、カレンを雇うと大変ですよ。カレンのあれは、やりようによっちゃ未来予知だ。まっとうな人間のすることじゃねえ。使い方を間違えたら破綻しますぜ」

家畜商がわざと大げさに言っているのは間違いない。訂正しようと身を乗り出したカレンは、ヒューゴとグレースに止められてぐっと押し黙った。

「タナン村の綿花工場建設が本決定しました。最新の撚糸機《ねんしき》が導入されるのも、すべてカレンの功績です。彼女の何気ない一言が世界の針を少し動かす。わたしとしては、胃が痛いと同時に実に興味深いことでもあります」

綿花工場の話に目をきらめかせたカレンは、続くレオネルの言葉がなんだかやっぱり大げさすぎて戸惑う。絶句していると、今まで押し黙っていた料理長が、

「カレンの作った燻煙剤がすごくて、製薬会社が特許を取りたいって言ってきたんだぞ」

そう話し出した。すると若い料理人が「洗剤ですよ」と興奮気味に訴えた。

「どんな油汚れも一発で落とし、泡切れも抜群なんです！　手荒れも一切なし！　驚異的なんです!!」

「衣類用の洗剤もすごいです。布が縮まないんですよ！　ドレスがそのまま洗えるなんて、画期的だと思いませんか!?」

そう呼びかけるのは洗濯女だ。どうやらカレンが置き忘れた洗剤をこっそり使って仰天したらしく、使い心地について褒めちぎってくれた。

「……あの侍女、何者……!?」

みんなの役に立っている。

密かに喜ぶカレンを、使用人たちが驚愕の眼差《まなざ》しで見つめた。

終章　侍女が狙われているようですよ！

「国の安寧におおいに貢献したことを評価し、ここに花章《かしょう》を授与する」

花の都《みやこ》と謳《うた》われる王都では、その日、三年ぶりの叙勲式が執り行われていた。皆を驚かせたのは、それが一介の侍女に与えられた栄誉であることだった。

ただし、反対する者はいなかった。誰《だれ》もが密造酒の危険性を理解し、彼女の功績を認めていたからだ。

ヒューゴから贈られたドレスと宝石で着飾ったカレンはとても侍女には見えないだろう。鏡の中の自分は本物の貴族令嬢のようだった。だが、興奮は広間に移動すると緊張にしぼむ。

貴族たちの視線を一身に浴び、カレンは気を失いそうになった。ヒューゴの言葉は耳を素通りし、花章を受けたときも立っているのが不思議なほどであった。

その後に開かれた舞踏会でダンスに誘ってきたのはヒューゴだった。

(ゆ、夢にまで見た舞踏会を、こ、国王陛下と……!!)

手が触れる。そっと引き寄せられてめまいがした。顔が熱い。気を抜いたら意識が飛びそうだ。緊張で倒れる寸前のカレンに気づいたらしく、ヒューゴは終始負担をかけないリードで一曲を終えた。

「どこかで休むか？」

ヒューゴの問いにうなずこうとしたら、貴族たちがカレンのもとに押しかけてきた。花章授与の祝辞からはじまり、密造酒の一件、財務省での活躍、ヴィクトリアと親友になった噂《うわさ》の真意、燻煙《くんえん》剤や洗剤、トン・ブーを懐かせる方法と、質問が次から次へと移っていく。

ダンスは誘われるたびにすべて断った。いまだ田舎《いなか》者の印象が残っているのか、給仕をしていた使用人たちの驚愕《きょうがく》の眼差《まなざ》しがちょっと痛い。

懸命に愛想をふりまいていたカレンは、舞踏会が盛り上がるのに合わせ、人目を盗んで逃げ出した。

(憧《あこが》れていた華やかな世界って、大変)

どこに隠れようかと辺りを見回していると、グレースが貴婦人たちに取り囲まれているのが見えた。

(陛下は……あれ？　いらっしゃらない……？)

がっかりする自分に気づいて慌てた。

(ダンスのお礼を言いたかっただけよ。ドレスと宝石も用意してくださったし……！)

自分に言い訳をして人のいないテラスで時間を潰《つぶ》そうと歩いていると、いきなり伸びてきた手にカーテンの裏に引きずり込まれた。

大きな手で口を塞《ふさ》がれ、悲鳴さえ出せない。

暴れようとして、それがヒューゴだと気づきぎょっとする。

「静かに。――よく似合ってる」

満足げにささやく息が耳に触れ、ぞわりと鳥肌が立った。硬直するカレンのつむじになにかが触れる。キスの感触に当惑すると、目の前にするりと一冊の本が差し出された。間もなく店頭に並ぶジョン・スミスの新刊だった。

「……これ……!?」

「静かに」

繰り返されてこくこくうなずくと、カレンの手に本が渡される。

「見本だ。お前が守ってくれたおかげで無事に出ることになった。……嬉《うれ》しいか？」

感動に打ち震えるカレンは、ヒューゴの問いに何度もうなずいた。満足そうに微笑《ほほえ》むヒューゴにドキリとする。見本を手に入れた彼は、功労者であるカレンに一刻も早く渡そうと、こんな大胆な方法をとったのだろう。

だからきっと、深い意味はない。

カレンは自分にそう言い聞かせる。

（陛下の善意！　陛下の厚意……!!）

「ありがとうございます、陛下」

「……ヒューゴだ」

言い直されて戸惑う。勢い余って「神」と呼んだときも訂正されたが、あのときは頭に血が上りすぎたので当然の返答として、今日は妙に口調が熱っぽい。

「……ヒュー……」

呼びづらい。ヒューゴを尊称以外で呼ぶ人間は何人かいて違和感などなかった。彼らに倣《なら》って呼べばいいだけだ。けれど、冷静なときに改めて呼ぶとなると、なにか特別なものがあるような気がして狼狽《うろた》えてしまう。

赤くなってうつむくと、ヒューゴの指が頰《ほお》に触れてきた。ホールからは優雅な音楽と、人々の語らい合う声が聞こえてくる。布一枚を隔てた空間での秘め事に鼓動がますます速くなる。

指が顎《あご》にかかる。

「名を」

甘やかな声。そっと顎が持ち上げられ、求められる。カレンは口を開く。唇を割ったのはあえかな吐息だった。

ゆっくりとヒューゴの顔が近づいてくる。

唇が、触れ合う。

その直前、するりと第三者がカーテンの裏側に滑り込んできた。

カレンは小さく悲鳴をあげ、ヒューゴは舌打ちした。

「主役を独《ひと》り占めしてなにをしているの？」

カレンとヒューゴを引き剥《は》がし、冷淡にそう言い放ったのは美しく着飾ったグレースだった。

なにが起こったのか理解できずに真っ赤になって震えるカレンを素早く背に庇《かば》い、ヒューゴを真っ向から睨《にら》んでいる。

（なに今の!?　なにが起こってたの!?　なにを、私、なにをしようとしてたの……!?）

心臓が胸の奥で踊っている。聴こえてくる音楽以上にテンポが速くて呼吸が乱れる。

「お戯《たわむ》れがすぎます」

トゲトゲと言い放つグレースにヒューゴが少し考えるようにカレンを見た。視線を受け止めきれず、カレンはこそこそグレースの背に隠れる。ちょっと怒ったようにヒューゴの表情が険しくなるが、それ以上、どうしていいのかわからない。

「カレン」

「は……はい」

名を呼ばれ、カレンはそろりとヒューゴを見た。

「第二王妃の座があいている。座る気はないか？」

第二王妃。すでにグレースがいるから、二番目の――妻。あまりにも唐突な申し出に声が出ない。

「……俺のことは気に入らないか」

「と……突然すぎて、ど、どう、お答えしていいのか……っ」

「確かに唐突だったな」

混乱のままカレンが訴えると、ヒューゴが神妙な顔になった。代わりにグレースは渋面《じゅうめん》だ。

「カレンは私のものよ」

「待て。俺も気に入ってるんだ。カレンの今の言い方なら、突然でなければ受け入れるという意味だろう。つまり惚《ほ》れさせればいいわけだ」

「認めません。他《ほか》をあたってください」

王と王妃の狭間《はざま》で、カレンは困惑を通り越して茫然としていた。

王都では、誰にでもチャンスをつかむ機会があるのだと、そう思っていた。けれど、こんな未来が待っているなんて考えもしなかった。

立ち尽くすカレンに気づき、いたずらっ子のようにヒューゴが笑った。

無邪気な笑みに胸の奥が鈍くうずく。

「覚悟しろよ、花嫁殿」

甘い甘い砂糖菓子のような言葉に、カレンはそっと顔を伏せた。

あとがき

『王妃様が男だと気づいてしまった私が、全力で隠蔽工作させていただきます！』をお手に取ってくださってありがとうございます。作者の梨沙です。

今回は、地味ハイスペックな侍女による王宮隠蔽ラブコメディです。

いろいろ肉付けしたら隠蔽パートが霞んでしまった気もしなくもないですが、タイトルは初案が採用となりました。ツッコミ入れてくださった担当の女神様、ありがとうございました。王様と王妃様による侍女奪い愛、ここに完成です♪

イラストを担当してくださったまろ先生もありがとうございました。ヴィクトリアが乳推しで申し訳ありません。ヒューゴもいろいろ直していただき、ここに〝ちょっとスレた王様〟という理想像が爆誕です。カレンもグレースもかわいい！

本を愛する皆様にも、まろ先生の素敵な挿絵とともに、台風の目のような乙女の物語をお楽しみいただけると嬉しいです。

二〇二一年三月　梨沙

王妃様《おうひさま》が男《おとこ》だと気《き》づいた私《わたし》が、
全力《ぜんりょく》で隠蔽工作《いんぺいこうさく》させていただきます！

2021年４月１日　初版発行

著　者■梨沙

発行者■野内雅宏

発行所■株式会社一迅社
〒160-0022
東京都新宿区新宿3-1-13
京王新宿追分ビル5F
電話03-5312-7432（編集）
電話03-5312-6150（販売）

発売元：株式会社講談社
（講談社・一迅社）

印刷所・製本■大日本印刷株式会社

ＤＴＰ■株式会社三協美術

装　幀■AFTERGLOW

落丁・乱丁本は株式会社一迅社販売部までお送りください。送料小社負担にてお取替えいたします。定価はカバーに表示してあります。
本書のコピー、スキャン、デジタル化などの無断複製は、著作権法上の例外を除き禁じられています。本書を代行業者などの第三者に依頼してスキャンやデジタル化をすることは、個人や家庭内の利用に限るものであっても著作権法上認められておりません。

ISBN978-4-7580-9347-7
©梨沙／一迅社2021　Printed in JAPAN

●この作品はフィクションです。実際の人物・団体・事件などには関係ありません。

この本を読んでのご意見
ご感想などをお寄せください。

おたよりの宛て先

〒160-0022
東京都新宿区新宿3-1-13
京王新宿追分ビル5F
株式会社一迅社　ノベル編集部
梨沙《りさ》 先生・まろ 先生

第10回 New-Generation

IRIS ICHIJINSHA

アイリス少女小説大賞

作品募集のお知らせ

一迅社文庫アイリスは、10代中心の少女に向けたエンターテインメント作品を募集します。ファンタジー、時代風小説、ミステリーなど、皆様からの新しい感性と意欲に溢れた作品をお待ちしております！

金賞　賞金100万円　＋受賞作刊行

銀賞　賞金20万円　＋受賞作刊行

銅賞　賞金5万円　＋担当編集付き

応募資格　年齢・性別・プロアマ不問。作品は未発表のものに限ります。

選考　プロの作家と一迅社アイリス編集部が作品を審査します。

応募規定　●A4用紙タテ組の42字×34行の書式で、70枚以上115枚以内（400字詰原稿用紙換算で、250枚以上400枚以内）

●応募の際には原稿用紙のほか、必ず ①作品タイトル ②作品ジャンル（ファンタジー、時代風小説など）③作品テーマ ④郵便番号・住所 ⑤氏名 ⑥ペンネーム ⑦電話番号 ⑧年齢 ⑨職業（学年）⑩作歴（投稿歴・受賞歴）⑪メールアドレス（所持している方に限り）⑫あらすじ（800文字程度）を明記した別紙を同封してください。

※あらすじは、登場人物や作品の内容がネタバレも含めて最後までわかるように書いてください。

※作品タイトル、氏名、ペンネームには、必ずふりがなを付けてください。

権利他　金賞・銀賞作品は一迅社より刊行します。その作品の出版権・上映権・映像権などの諸権利はすべて一迅社に帰属し、出版に際しては当社規定の印税、または原稿使用料をお支払いします。

締め切り　2021年8月31日（当日消印有効）

原稿送付宛先　〒160-0022 東京都新宿区新宿3-1-13 京王新宿追分ビル5F
株式会社一迅社 ノベル編集部「第10回New-Generationアイリス少女小説大賞」係

※応募原稿は返却致しません。必要な原稿データは必ずご自身でバックアップ・コピーを取ってからご応募ください。※他社との二重応募は不可とします。※選考に関する問い合わせ・質問には一切応じかねます。※受賞作品については、小社発行物・媒体にて発表致します。※応募の際に頂いた名前や住所などの個人情報は、この募集に関する用途以外では使用致しません。